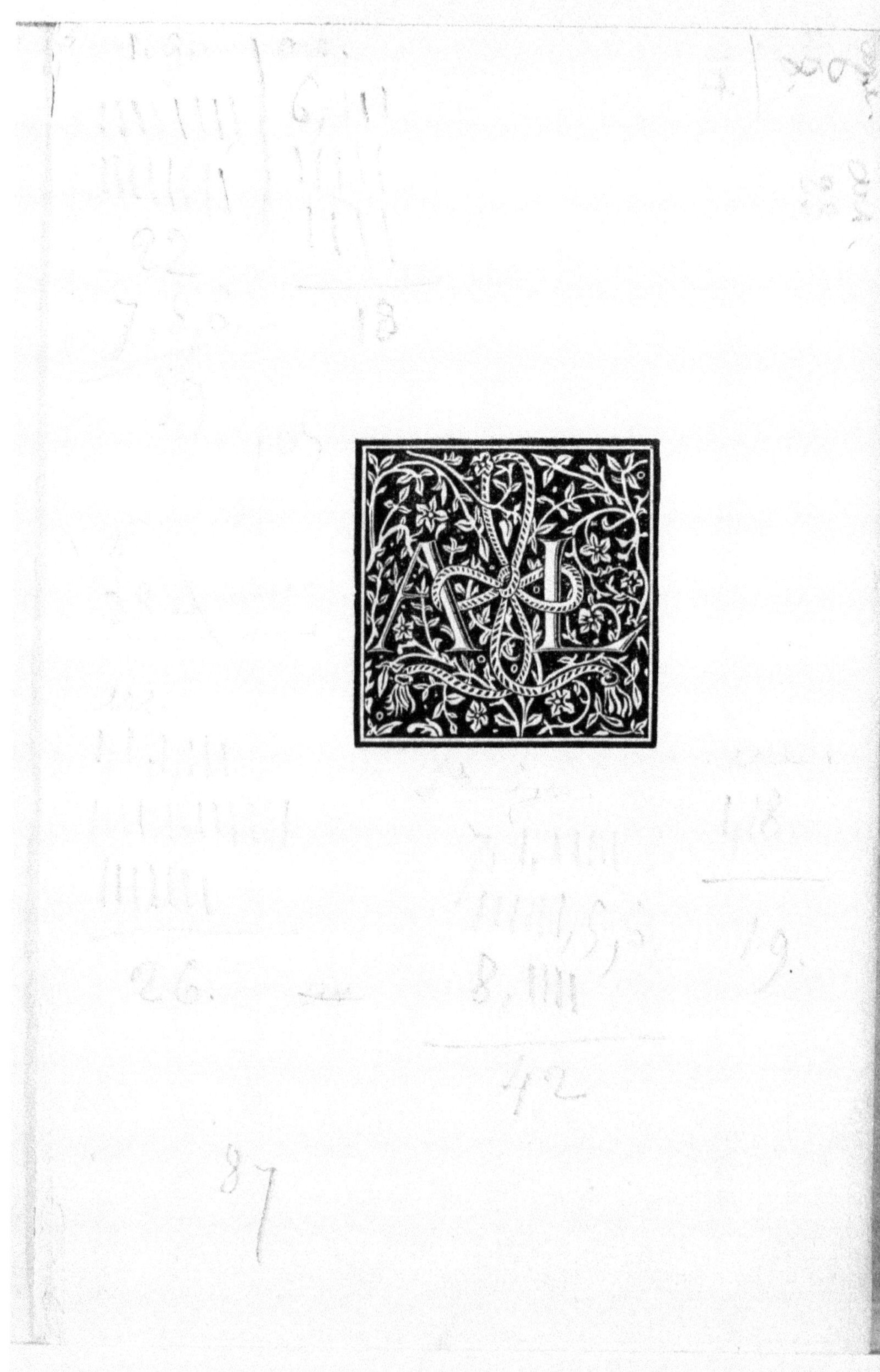

CATALOGUE

DES

LIVRES ANCIENS ET MODERNES

EN TOUS GENRES

DONT LA VENTE AURA LIEU

Le mercredi 1er décembre 1875, et jours suivants,
à 7 heures et demie du soir

Rue des Bons-Enfants, 28 (maison Silvestre)
SALLE N° 1

Par le ministère de Me MAURICE DELESTRE, commissaire-priseur,
successeur de Me DELBERGUE-CORMONT, rue Drouot, 23.

PARIS
ADOLPHE LABITTE
LIBRAIRE DE LA BIBLIOTHÈQUE NATIONALE
4, rue de Lille, 4

1875

ORDRE DES VACATIONS.

Première vacation. — *Mercredi 1er décembre* 1875.

Nos 1 à 170

Deuxième vacation. — *Jeudi 2 décembre.*

171 à 343

Troisième vacation. — *Vendredi 3 décembre.*

344 à 455

Ouvrages en lots.

CONDITIONS DE LA VENTE.

La vente se fera au comptant, 5 % en sus des enchères.

Il y aura, chaque jour de vente, de deux heures à quatre, exposition des livres composant la vacation du soir.

Les réclamations devront être faites, au plus tard, dans les vingt-quatre heures qui suivront la vacation. Passé ce délai, les articles adjugés ne seront repris pour aucune cause.

Le libraire chargé de la vente remplira les commissions des personnes qui ne pourraient y assister.

Paris. — Typographie de Georges Chamerot, rue des Saints-Pères, 19.

CATALOGUE

DE

LIVRES ANCIENS ET MODERNES

EN TOUS GENRES.

THÉOLOGIE.

1. Biblia sacra vulgatæ editionis. *Parisiis, excudebant Gauthier fratres et socii,* 1837, 2 vol. in-4, texte à deux col. enc. demi-rel. dos et coins de mar. noir, plats toile, tr. jasp.

2. La Sainte Bible. *Paris*, *Desoer*, 1819, 7 vol. pet. in-12, demi-rel. mar. n. rog.

3. Sainte Bible, traduction nouvelle par M. de Genoude. *Paris, Gaume fr., s. d.*, pet. in-12, titre gravé, texte à deux col. demi-rel. mar. noir, plats toile, tr. peign.

   Édition diamant.

4. Figvres des histoires de la Sainte Bible accompagnées des briefs discours. *A Paris*, *chez Guillaume Le Bé*, 1653, in-fol. 272 planches gravées, veau granit fil.

5. Scripture Illustrations by R. La Trobe. *London*, 1838, in-4, fig. sur acier, demi-rel. dos et coins de mar. br. tr. dor.

6. 50 Gravures de la Sainte Bible par Lemaistre de Sacy et P. Lallemand pour la 2e édition in-4 (1869) de L. Curmer.

7. Les Pseaumes de David, mis en rime françoise par Clément Marot et Théodore de Bèze.... *Se vendent à Charenton, par Estienne Lucas*, 1668, in-12, avec musique notée, mar. r. compart. à petits fers, tr. dor. (*Rel. anc.*)

8. Johannis Leusden Philologus Hebræus, continens quæstiones hebraicas, quæ circa Vetus Testamentum hebræum fere moveri solent. *Basileæ*, *apud E. et J.-R. Thurnisios*, 1739, in-4, portr. v. br.

9. Le Nouveau Testament de Nostre-Seigneur Jésus-Christ, traduit en françois selon l'édition vulgate, avec les différences du grec. *Mons, Gaspard Migeot, s. d.* (1666), 2 vol. pet. in-12, mar. noir, tr. dor. (*Rel. anc.*)

Édition en petits caractères.

10. Le Nouveau Testament, c'est-à-dire la nouvelle alliance de N.-S. Jésus-Christ. *Amsterdam, chez les Wetsteins*, 1710, 2 vol. in-12 allongé, texte à 2 col. frontisp. gr. mar. r. fil. dent. dos orné, tr. dor. (*Rel. anc.*)

11. La Vie de Notre-Seigneur Jésus-Christ, par Pierre Lachèze. *Paris, Furne*, 1855, gr. in-8, demi-rel. mar. bleu, plats toile, tr. dor. (Figures sur chine.)

12. La Passion de N.-S. J.-C. d'après la concorde des quatre Evangélistes. Henri Golzius, peintre et graveur du XVIe siècle. *Paris, Curmer*, 1860, in-4, demi-rel. Photographies.

13. Decreta aliqua a sacra rituum congregatione, circa missam, relata a Claudio de la Croix. *Anno* 1713, in-4, mar. br. tr. dor.

Manuscrit du dix-huitième siècle.

14. Vestiarium Christianum, the origin and gradual development of the dress of holy ministry in the church; by the Rev. Wharton B. Marriott. *London, Rivingtons*, 1868, gr. in-8, avec pl. grav. lithog. et photogr. cart. en percal. non rog.

15. Responce à l'examen fait par F. Feu Ardent, secrétaire de François d'Assise, sur les prières et administration des sacrements des églises réformées. *La Rochelle*, 1599, in-12 non relié.

Rare.

16. Poëme contenant la tradition de l'Eglise sur le Sacrement de l'Eucharistie, par Le Maistre de Sacy. *Paris, Guill. Desprez*, 1695, in-12, v. br.

17. Office de la Semaine Sainte en latin et en françois à l'usage de Rome et de Paris. *A Paris, chez la veuve Mazières*, 1746, in-8, figures gravées, mar. r. ornements sur les plats aux armes de *Marie Leczinska* (dont le chiffre couronné se trouve répété aux coins des plats et sur le dos), tr. dor.

Ancienne reliure bien conservée.

18. Missel de Jacques Juvénal des Ursins, cédé à la ville de Paris, le 3 mai 1864, par Ambr.-Firmin Didot. *Paris, Didot*, 1861, gr. in-8 de 56 pages, br.

19. The Ethiopic Didascalia, or, the ethiopic version of the apostolical constitutions, received in the church of Abys-

sinia, with an english translation, edited and translated by Thomas Pell Platt. *London, Rich. Bentley*, 1834, in-4, cart.

20. Les Œvvres dv divin saint Denys Areopagite, euesque d'Athènes et depuis apostre de France et premier euesque de Paris, traduites du grec en françois par Frère Jean de Saint-François, cy-deuant supérieur général des Fueillens. *A Paris, chez Iean de Heuqueuille, rue St-Iacqves, à la Paix, s. d.* (1629), gr. in-8, titre front. gr. parch.

21. Œuvres complètes de Bourdaloue. *Paris, Méquignon Havard*, 1726, 20 vol. in-8, portrait de Devéria, demi-rel. v. br. n. rog.

Le tome Ier est relié en deux volumes.

22. De Imitatione Christi. *Parisiis, apud Roux-Dufort*, 1825, in-32, v, r. tr. dor.

Joli exemplaire.

23. De Imitatione Christi libri quatuor et Vita Thomæ a Kempis. *Parisiis, e typis Crapelet*, 1843, in-32, mar. noir jans. tr. dor. — Novum Jesu Christi Testamentum. *Parisiis, apud Gaume fratres*, 1837, in-16, v. ant. tr. dor.

24. L'Imitation de Jésus-Christ, par M. l'abbé Bautain. *Paris, Furne*, 1852, gr. in-8, gravures sur acier, demi-rel. chagr. noir, plats toile, tr. dor.

25. L'Imitation de Jésus-Christ, traduction nouvelle de M. l'abbé Dassance. *Paris, Garnier fr.*, 1860, gr. in-8, fig. grav. sur acier, demi-rel. mar. noir jans. plats toile, tr. dor.

26. Jesus. Le Treite de discipline de diuine amour. (A la fin:) *Ce tretie a esté fait pour Symon Vostre, libraire, demourant en la rue neuve Nostre-Dame, à l'enseigne Sainct-Jehan Euangeliste, s. l. n. d.*, pet. in-8 de 48 ff. caract. goth. avec la marque de Simon Vostre, mar. bleu foncé jans. dent. int. tr. dor.

27. Institution du père chrestien à ses enfants. *Paris, Guill. Morel*, 1563, in-4, n. rel.

28. Catéchisme et sommaire de la religion chrestienne fait par l'ordonnance et décret dv S. Concile de Trente, qvi commande à tous curez de l'enseigner au peuple, auquel a esté adiouté vn indice des principaux points, auec vn autre qui monstre à quels lieux des Euangiles dominicales se peuuent rapporter les principaux points d'iceluy, la traduction françoise respond au latin qui est à côté. *A Bourdeavs, par S. Millanges, impr. ordin. du roy, l'an* 1602, gr. in-8, parch.

29. Instructions générales en forme de catéchisme, par Mgr Colbert, évêque de Montpellier. *Paris, Aug. Leguerrier*, 1702, in-4, mar. r. tr. dor. reliure de Derome, dite à *l'Oiseau.*

30. Les Tableaux de la Pénitence, par messire Antoine Godeau, évesque de Vence. *A Paris, chez Augustin Courbé*, 1654, in-4, front. et fig. de Chauveau, v. ant.

31. Vie de saint Dominique, par le révérend Père Frère Henri-Dominique Lacordaire, de l'ordre des Frères Prêcheurs. *Paris, Debécourt*, 1841, in-8, portr. demi-rel. v. viol.

32. Lives of the Cambro British saints... by the Rev. W. J. Rees, published for the Welsh Mss. Society. *Llandovery, William Rees*, 1853, gr. in-8, fig. et fac-simile, cart. en percal. n. rog.

33. Pensées de Pascal sur la religion et sur quelques autres sujets. *Paris*, *Desprez*, 1670, in-12, v. br.

334 pages. Seconde édition sous cette date. Titre raccommodé et taches d'humidité.

34. Les Provinciales, par Pascal. *Cologne*, *Nicolas Schoute* (*à la Sphère*), 1679, in-12, cart.

Exemplaire non rogné.

35. Lettres de M. Fléchier, évêque de Nismes, sur divers sujets. *Paris*, 1711, in-12, v.

Édition originale.

36. Panégyriques et autres sermons, par Esprit Fléchier. *Paris*, *Jean Anisson*, 1696, in-4, v. br.

Édition originale.

37. Apologie pour messire Henry-Louys Chastaigner de la Rochepozay, évesque de Poictiers, contre ceux qui disent qu'il est deffendu aux ecclésiastiques d'avoir recours aux armes en cas de nécessité (par l'abbé de Saint-Cyran). *S. l.*, 1615, in-8, mar. r. fil. tr. dor. (*Rel. anc.*)

38. Carte de Visite faite à l'abbaye de Notre-Dame des Clairets, par le R. P. abbé de la Trappe, le 16 février 1690 (par l'abbé de Rancé). *Paris*, *Muguet*, 1690, in-12, vélin.

39. Anecdotes ou mémoires secrets sur la constitution Unigenitus. 1730, 3 vol. in-12, mar. r. fil. tr. dor.

Ancienne reliure aux armes de la Rochefoucauld.

40. Joannes de Beka, et Wilhelmus Heda, de Episcopis Ultrajectinis, recogniti et notis historicis illustrati ab Arn. Buchelio Batavio. Accedunt Lamb. Hortensii Montfortii

secessionum Ultrajectinarum libri, et Siffridi Petri Frisii appendix... *Ultrajecti, ex offic. Joan. a Doorn*, 1643, 3 part en 1 vol. pet. in-fol. vél. front. grav.

41. Cavalcade religieuse à l'occasion du jubilé de 850 ans célébré avec grande pompe en l'honneur de Notre-Dame d'Hanswyck, à Malines, pendant la dernière quinzaine du mois d'août 1838. 20 planches in-8 obl. br.

---

42. Histoire des Idées religieuses en Allemagne depuis le milieu du XVIIIe siècle jusqu'à nos jours, par F. Lichtenberger. *Paris, Sandoz et Fischbacher*, 1873, 3 vol. in-8, br.

43. Historia vera de morte sancti uiri Joannis Diazii Hispani, quem eius frater germanus Alphonsus Diazius, exemplum sequutus primi parricidæ Cain, uelut alterū Abelem nefarie interfecit, per Claudium Senardæum, cum præfatione D. Martini Buceri. *S. l.*, 1546, in-12, dérelié.

Le meurtre de Jean Diaz par Alphonse Diaz eut lieu à Neubourg en 1546. Il fut suivi d'une violente insurrection en Allemagne contre Charles-Quint.

44. Partie de la Liturgie de l'Eglise protestante qui est à Francfort-sur-le-Mein et qui approuve la confession d'Augsbourg, avec un recueil de prières. *Francfort-sur-le-Mein*, in-12, br. n. rog.

45. Genealogia de gli Dei. I quindeci libri di M. Giovanni Boccaccio sopra la origine et discendenza di tutti gli Dei de' gentili, tradotti per messer Giuseppe Betvssi, aggivntavi la Vita del Boccaccio. *In Venezia, del Pozzo al Segno*, 1547, in-4, parch.

46. Le Koran, traduction nouvelle faite sur le texte arabe, par M. Kasimirski. *Paris, Charpentier*, 1857, in-12, br.

47. Avesta, the religious books of the Parsees from german translation, by Bleeck. *Hertford*, 1864, in-8, cart.

JURISPRUDENCE.

48. Dictionnaire de la pénalité dans toutes les parties du monde connu..., par M. B. Saint-Edme. *Paris*, 1824-28, 5 vol. in-8, fig. cart. dos de vélin.

49. La Nouvelle *Natura brevium* du juge très-révérend M. Anthoine Fitzherbert, dernièrement reveue et corrigée par l'aucteur avecques une table... nouvellement composée par Guilliaulme Rastell, et jammais par cy devant imprimée. *Londini, in ædibus Richardi Tottelli*, 1553, in-8, pet. caract. goth. v. noir. (*Mouillures.*)

Exemplaire grand de marges.

50. Arrêts de la Cour décisifs de diverses qvestions tant de droict qve de covstume prononcez en robbes rouges, et donnez sur procez, partis et autres, redvicts selon les matières. *A Paris, en la boutique de l'Angelier, chez Charles Cramoisy*, 1622, in-4 réglé, mar. r. à comp. tr. dor.

Aux armes de Séguier. Bel exemplaire.

SCIENCES.

51. Simplicius. In Categorias Aristotelis commentarii, græce. *Venetiis*, 1499, in-fol. mar. bl. fil. tr. dor. (*Simier.*)

Bel exemplaire.

52. Joannis Stobei sententiæ ex thesauris Græcorum delectæ, quarum autores circiter ducentos et quinquaginta citat, nunc primum a Conrado Gesnero in latinũ sermonem traductæ. *Tiguri excvdebat Christoph. Froschovervs, anno* 1543, pet. in-fol. demi-rel. bas verte. (*Rel. mod.*)

53. Philippi Beroaldi libellus quo septem sapientium sententiæ discutiuntur. (In fine :) *Impressum Parrhisiis*, 1508,

pet. in-4, de 34 feuillets. — Symbola Pythagoræ a Philippo Beroaldo moraliter explicata. (In fine :) *Impress. Parisius* (sic), 1505, pet. in-4 de 18 ff. et 2 autres opuscules en 1 vol. demi-rel. (*Mouillures et piqûre de ver.*)

54. Laurentii Vallæ de Voluptate ac Vero Bono libri III. *Basileæ*, 1517, in-4, vél.

55. Idée d'une république heureuse, ou l'Utopie de Th. Morus, trad. par Gueudeville. *Amst.*, 1730, in-12, v. f. fig.

56. Le Mirouer exemplaire et très-fructueuse instruction selon la compilation de Gilles de Rome. *Imprimé à Paris, pour Guillaume Eustace, l'an* 1517, in-4, goth. v.
Très-bel exemplaire grand de marges.

57. Le Fort inexpugnable de l'honneur du sexe feminin, construit par Françoys de Billon, secrétaire. *On les vend à Paris, chez Ian d'Allyer, libraire sur le pont Saint-Michel, à l'enseigne de la rose blanche,* 1555, in-fol. portr. v. ant. filets.

58. Les Profitables Cvriositez inouyes, par François du Sarcy, escvyer, sievr de Gerzan. *Se vend à Paris, chez Henri le Gras,* 1650, in-4, v. ant. fil. (*Armoiries.*)

59. Les Caractères de Théophraste, traduits du grec avec les Caractères ou les Mœurs de ce siècle (par la Bruyère). *Paris, Michallet,* 1694, in-12, v. br.

60. De l'Vsage des passions, par le R. P. I. E. Sénault, prestre de l'Oratoire. *A Paris, chez Christophle Journel, s. d.*, in-12, front. gr. demi-rel. dos et coins de v. f. tr. marbr.

61. Œuvres de Turgot, nouvelle édition, avec les notes de Dupont de Nemours, augmentées de lettres inédites, des Questions sur le commerce, par Eugène Daire et Hippolyte Dussard. *Paris, Guillaumin,* 1844, 2 vol. gr. in-8, v. ant. fil. tr. peign. portr.

62. Edgar Quinet. L'Esprit nouveau. *Paris,* 1875. — La Morale utilitaire, par Ludovic Carrau. — Maine de Biran, sa vie et ses pensées, publiées par Ern. Naville. Ens. 3 vol. in-8, br.

63. Jérôme Paturot à la recherche d'une position sociale, par Louis Reybaud, édition illustrée par Grandville. *Paris, J.-J. Dubochet, le Chevalier et compagnie,* 1846, in-4, cart. toile, ornem. sur le dos et sur les plats, tr. dor.

64. Signs of the times : explanations applicable and necessary for the present time, extracted from the works of the honourable Emanuel Swedenborg. *London, Simpkin,* 1872, in-8, cart. en percal. cart. non rog.

65. Practical philosophy of the Muhammadan people, exhibited in its professed connexion with the European... being a translation of the Akhlak-i-Jalaly..... (with references and notes), by W. F. Thompson. *London*, 1839, in-8, cart. non rog.

---

66. Geologie und mineralogie in beziehung zur natürlichen Theologie, von Rev. Dr William Buckland; aus dem englischen.... von Dr L. Agassiz. *Neufchâtel*, 1838, 2 vol. in-8, avec planches, br. (*Le tome 1er est en 4 fascicules.*)

67. Geologie und Mineralogie, von R. Will Buckland, übers von Agassiz. *Neufchâtel*, 1839, in-8, br.

68. Descriptions de plusieurs filons métalliques de Bretagne, et analyse de quelques substances nouvelles, par M. de Laumont. *S. l.*, 1786, in-4, v. ant. fil. (*Armoiries.*)

69. Études sur les glaciers, par D. Agassiz. *Neufchâtel*, 1840, in-8 et atlas in-fol. demi-rel. mar. v. tête dor.

70. Palæontological Memoirs and notes of the late Hugh Falconer.... with a biographical sketch of the author, compiled and edited by Charles Murchison. *London, Rob. Hardwicke*, 1868, 2 gros vol. in-8, portrait et figures, cart. en percal. non rog.

71. Études critiques sur les mollusques fossiles, par L. Agassiz. — Monographie des myes. *Neufchâtel*, 1842-45, in-4, 104 pl. demi-rel. dos et coins de mar. fauve, fil. tête dor.

---

72. Agassiz. Nomenclator zoologicus. *Soloduri*, 1842, 12 part. en 8 fasc. in-4, br.

73. A natural History of the mammalia, by G. R. Waterhouse. *London, Hipp. Baillière*, 1846, 2 vol. gr. in-8, avec planches color. cart. en toile, non rog.

74. The geographical Distribution of mammals, by Andrew Murray. *London, Day and son*, 1866, in-4, cartes et fig. cart. en percal.

75. The natural History of man... by James Cowles Prichard; fourth edition, edited and enlarged by Edwin Norris. *London, H. Baillière*, 1855, 2 vol. gr. in-8, fig. et pl. coloriées, cart. en percal. non rog.

76. Odontography, or a Treatise on the comparative anatomy of the teeth, by Richard Owen. *London, H. Baillière*,

1840-45, 1 vol. de texte et 1 vol. d'atlas in-8, demi-rel. mar. r. tête dor. non rog. (150 *planches.*)

77. Researches into the history of the British Dog, from ancient laws, charters, and historical records; with original anecdotes.... by George R. Jesse. *London, Rob. Hardwicke*, 1866, 2 vol. gr. in-8, avec planches gravées à l'eau-forte, cart. en percal. non rog.

78. Conspectus Generum avium auctore Carolo Luciano Bonaparte. *Lugduni Batavorum*, 1850, 2 tom. en 1 vol. in-8, demi-rel. dos et coins de v. f. tête dor. non rog.

79. Histoire naturelle des oiseaux (par Buffon). *Paris, Impr. royale*, 1771-72, 2 vol. in-fol. avec planches color. mar. r. fil. dos orné, tr. dor. (*Rel. anc. aux armes de François du Prat de Barbançon.*)

Exemplaire en grand papier.

80. Histoire naturelle des poissons d'eau douce de l'Europe centrale, par L. Agassiz. — Embryologie des Salmonés, par C. Vogt. *Neufchâtel*, 1842, in-8 et atlas in-4 obl. demi-rel. mar. brun, fil. tête dor. non rog.

81. The Fishes of Malabar, by Francis Day. *London, B. Quaritch*, 1865, in-4. avec 20 planches gravées, demi-rel. dos et coins de mar. la Vall. dos orné, tr. supér. dor. non rog.

82. Dr Gray's Synopsis of the species of whales and dolphins. Synopsis of the species of starfish... in the British Museum. *London, B. Quaritch*, 1867, 2 plaq. in-4, avec 37 et 16 planches, cart.

83. Dr Gray's Synopsis of the species of Whales and Dolphins in the British Museum. *London, Quaritch*, 1868, in-4, cart. 37 planches.

84. Monographies d'Échinodermes, par Agassiz. *Neufchâtel*, 1842, 4 livr. in-4, fig. et atlas.

85. Piton de Tournefort. Éléments de botanique. *Paris, Impr. roy.*, 1694, in-4. — Institutiones rei herbariæ (tomus I). *Parisiis, e typ. regia*, 1719 (tomus I). — Planches, 2 vol. Ensemble 4 vol. in-4, mar. bl. fil. tr. dor.

Belle reliure ancienne aux armes de France.

86. Plantes de la France, décrites et peintes d'après nature par M. Jaume Saint-Hilaire. *Paris*, 1808-1809, 4 vol. gr. in-8, nombr. pl. color. demi-rel v.

87. Manual flora of Madeira and the adjacent islands of Porto Santo and the Desertas, by Richard Thomas Lowe. *London*, 1868, in-8, cart. anglais.

88. Niger Flora, and enumeration of the plants of western tropical Africa, collected by the late Dr. Theodore Vogel... edited by sir W. J. Hooker. *London, Hipp. Baillière*, 1849, gr. in-8, avec planches, cart. en percal. non rog.

89. Les Bois indigènes et étrangers par A. Dupont et Bouquet de la Grye, ouvrage orné de 162 figures. *Paris, Rothschild*, 1875, in-8, br.—Les Pyrénées, par Chausenque. *Paris*, 1834, 2 vol.

90. Le Théâtre d'agriculture et mesnage des champs d'Olivier de Serres, seigneur du Pradel, dans lequel est représenté tout ce qui est requis et nécessaire pour bien dresser, gouverner, enrichir et embellir la Maison rustique. *Paris, Mme Huzard, an XII*, 2 vol. in-4, fig. bas. tr. marbr.

---

91. G. van Swieten, Commentaria in Hermanni Boerhaave aphorismos de cognoscendis et curandis morbis. *Parisiis, G. Cavelier*, 1771, 5 vol. in-4, mar. r. fil. tr. dor. (*Anc. rel.*)

92. Traité du ris, contenant son essance (*sic*), ses causes et mervelheus effais, curieusement recerchés, raisonnés et observés par M. Laur. Joubert. *Paris, Nic. Chesneau*, 1579, in-8, chagr. vert, tr. dor. (*Raccommodage au dernier feuillet.*)

93. The Physicians of Myddvai; Meddigon Myddfai, or the medical practice of the celebrated Rhiwallon and his sons... translated by John Pughe, and edited by the rev. John Williams ab Ithel. Published for the Welsh Mss. society. *Llandovery*, 1861, in-8, cart. non rog.

---

94. Nouveau Cours de mathématiques à l'usage de l'artillerie et du génie, dédié à S. A. Monseigneur le duc du Maine, par M. Bélidor. *A Paris, chez Ch.-Ant. Jombert*, 1725, in-4, vél. 34 planches.

95. Entretiens sur la pluralité des mondes, par M. de Fontenelle. *Londres* (*Cazin*), 1784, 2 vol. in-16, v. ant. fil. tr. dorée.

96. Lettres sur l'astronomie en prose et en vers, par M. Albert Montémont. *Paris, Peytieux*, 1826, 4 vol. in-12, titres gr. fig. veau rose, orn. à fr. fil. or. tr. dor.

97. Traité physique et historique de l'aurore boréale, par M. de Mairan. *A Paris, de l'Impr. royale*, 1733, in-4, pl. veau ant.

98. The Life, times, and scientific labours of the second marquis of Worcester; to which is added a reprint of his century of inventions, 1663, with a commentary, by Henry Dircks. *London, B. Quaritch*, 1865, gr. in-8, front. gr. et fig. cart. en percal. non rog.

BEAUX-ARTS.

ARTS DIVERS.

99. Winckelmann. Histoire de l'art chez les anciens, trad. de l'allemand (par Jansen). *Paris, Bossange*, 1802, 3 vol. in-4, bas. fig.

100. Journal des artistes et Journal du lycée des arts. *Paris*, 1795, 1 vol. in-8, demi-rel. v. bleu.

101. L'Art de peindre, par Watelet. *Paris*, 1760, in-4, demi-rel. front. vignettes et culs-de-lampe.

102. Entretiens sur les Vies et les ouvrages des plus excellens peintres anciens et modernes, par Félibien. *Trévoux*, 1725, 6 vol. in-12, v. f. gr.

103. A Handbook of the art of illumination, as practised during the middle ages, with a description of the metals, pigments, and processes employed by the artists at different periods, by Henry Shaw. *London, Bell and Daldy*, 1866, in-4, fig. fac-simile, demi-rel. mar. brun, non rog.

104. A Series of plates engraved after the paintings and sculptures of the most eminent masters of the early Florentine school, by Ottley. *London*, 1826, in-fol. demi-rel. mar. 54 planches.

105. Principaux Tableaux des anciennes écoles allemandes et flamandes, photographiés d'après les tableaux de la collection des frères Boisserée, actuellement dans la Pinacothèque de Munich, accompagnés d'un texte par J.-A. Messmer, traduction française de D. Bedat. *Munich et Paris*, 1862-65, 2 part. en 1 vol. in-fol. avec photographies, demi-mar. r.

La première partie est le texte allemand.

106. Galerie de l'Hermitage, gravée au trait d'après les plus beaux tableaux qui la composent, avec la description historique par Camille, de Genève..., publié par F.-X. Labensky. *Saint-Pétersbourg*, 1805, 2 livr. in-4, contenant 30 planches, br. (*Livr.* 1 *et* 2.)

107. Galerie de M. Pereire. Catalogue des tableaux anciens et modernes. *Paris*, 1872, gr. in-8, 48 grav. à l'eau-forte, demi-rel. v. f. tête jasp. non rog. — Catalogue des tableaux modernes de la collection de feu le baron Michel de Tretaigne. *Paris*, 1872, in-8, demi-rel. v. f. Prix d'adjudication.

108. Vases grecs et étrusques, gr. in-4, mar. br.

26 gravures enluminées montées sur papier in-4°.

109. De l'Architecture égyptienne considérée dans son origine, ses principes et son goût, et comparée sous les mêmes rapports à l'architecture grecque..., par M. Quatremère de Quincy. *Paris, Barrois, an XI*, 1803, in-4, avec 18 planches, demi-rel. v. gran.

110. Monuments égyptiens, bas-reliefs, peintures, inscriptions, etc., d'après les dessins exécutés sur les lieux par E. Prisse d'Avennes, pour faire suite aux monuments de l'Egypte et de la Nubie, de Champollion le jeune. *Paris, imprimerie et librairie de Firmin Didot frères*, 1847, in-fol. demi-rel. mar. r. front. color. et planches noires et color.

Mouillures.

111. Goodwin's Rural Architecture. *London*, 1850, 2 vol. in-4, cart. angl. (Nombreuses planches.)

112. Williams' Chinese comet. *London*, 1871, in-4, cart. angl.

113. A Collection of ornamental designs applicable to furniture frames and the decoration of rooms in the style of Louis XIV, on 24 plates chiefly after T, Cheppendale. In-4, cart. angl.

114. Pugin's Gothic furniture (27 planches), in-4, cart. angl.

115. Œuvre de Jean Goujon, gravé d'après ses statues et ses bas-reliefs, par Réveil, accompagné d'un texte biographique et de tables explicatives des planches. *Paris, A. Morel*, 1868, in-fol. avec 88 planches au trait sur pap. teinté, demi-rel. chagr. vert, tête dor. n. rog.

116. Les Traits de l'Histoire universelle sacrée et profane, d'après les plus grands peintres et les meilleurs écrivains. — Histoire sacrée, 4 vol. — Histoire poétique, 2 vol. *A*

Paris, chez Le Bas, graveur du roi, 1771, 6 vol. in-12 carré mar. brun à nerv. et fil. à froid, dent. int. tr. dor.

117. La Danse des Morts à Bâle, de J. Holbein. *Wissembourg, Fr. Wentzel, s. d.*, in-4, 40 fig. lithogr. demi-rel. mar. noir, tr. jasp.

118. Costumi dei secoli XIII, XIV e XV ricavati dai più autentici monumenti di pittura e di scultura con un testo storico e descriptivo di Camillo Bonnard, prima traduzione italiana di C. Zardetti. *Milano, tipografia di Ranieri Fanfani*, 1832, 2 vol. in-4, demi-rel. veau brun, pl. grav.

119. Batailles de la Chine, réduites d'après les grandes planches que l'empereur Kien-Long a fait graver à Paris. *Chez Hocquart, marchand d'estampes, rue Saint-Jacques*, 64, *s. d.*, in-fol. obl. cart. 24 pl. grav. par Helman.

120. Petri Costalii Pegma. *Lugduni, M. Bonhomme*, 1555, pet. in-8, vél.

Nombreuses figures d'emblèmes, titre découpé.

121. Recueil in-8 obl. de 24 pièces de Callot. (Capitano de' Baroni.)

122. Recueil de cent planches extraites de l'Art pour tous, encyclopédie de l'art industriel et décoratif, par M. Cl. Sauvageot. *Paris, A. Morel*, 1868, in-fol. cart. en percal.

123. Figures sur chine avec texte, représentant diverses vues de villes de l'Alsace, réunies en 1 vol. in-4, demi-rel. mar. noir.

124. L'Académie de France à Rome. Correspondance inédite de ses directeurs, par A. Lecoy de la Marche. — Léopold Robert, d'après sa correspondance inédite, par Ch. Clément. — Histoire de l'Art, par William Reymond. Ens. 3 vol. in-8, br.

125. Essai sur l'origine de l'écriture, sur son introduction en Grèce et son usage jusqu'au temps d'Homère, par le marquis de Fortia d'Urban. *Paris, N. Fournier*, 1832, in-8, demi-rel. mar. r. figures et fac-simile.

On trouve relié à la suite de cet ouvrage (du même auteur) : Sur les trois systèmes d'écriture des Égyptiens, 15 pages. — Écriture hiéroglyphique, 7 pages.

126. Il Franco Modo scrivere cancellaresco moderno, intagliato da Giacomo Franco. *In Venetia*, 1595, in-4 obl. mar. citron, tr. dor. (*Aux armes de H. de Valois, duc d'Angoulême.*)

127. Les Troys Libvres de l'art du Potier, du cavalier Cyprian Piccolpassi, translatés de l'italien en langue françoyse,

par maistre Claudius Popelyn, Parisien. *Paris, libr. internationale*, 1861, gr. in-4, br. 37 figures.

128. Traité des Diamants et des Perles, où l'on considère leur importance, la vraie méthode de les tailler, par David Jeffries, jouaillier. *Paris, chez De Bure l'aîné*, 1753, in-8, v. ant.

129. Le Cocon de soie, par Duseigneur Kleber, 37 photographies. *Paris, J. Rothschild*, 1875, in-4, br.

130. Joseph Séguin. La Dentelle, histoire, description, fabrication, bibliographie, avec 50 planches phototypographiques, fac-simile de dentelles de toutes les époques, et de nombreuses gravures. *Paris, J. Rothschild*, 1875, gr. in-4, br.

131. The Bayeux Tapestry elucidated by rev. John Collingwood Bruce. *London, John Russell Smith*, 1856, in-4, cart. n. rog.

16 planches en couleurs reproduisant la tapisserie de Bayeux.

132. Histoire des Cordonniers et des artisans de cette profession, précédée de l'histoire de la chaussure, par MM. P. Lacroix, Alph. Duchesne et Ferd. Séré. *Paris*, 1852, gr. in-8, br. fig. interc. dans le texte et blasons or et couleurs.

---

133. La Gazza Ladra, melodramma del signor Gioachino Rossini, per il piano forte. 2 vol. in-4, mar. r. doublé de tabis, dent. à comp. tr. dor. (*Aux armes de la comtesse d'Artois.*)

BELLES-LETTRES.

134. Grand Dictionnaire françois et latin, enrichi des meilleures façons de parler en l'une et l'autre langue..., composé pour servir aux études du Dauphin, par l'abbé Danet. *Lyon, chez les frères Deville*, 1737, in-4, front. grav. mar. r. fil. dos orné, tr. dor. (*Rel. anc. avec des dauphins sur les plats.*)

135. Renan. Le Cantique des Cantiques. — Egger. Apollonius Dyscole. — Regnier. Traité de la formation des mots

dans la langue grecque. — J. Baissac. De l'Origine des dénominations ethniques dans la race aryane. Ens. 4 vol. in-8, br.

136. Grammaire des Grammaires, ou Analyse raisonnée des meilleurs traités sur la langue françoise, par Girault-Duvivier. *Paris, Janet et Cotelle*, 1819, 2 vol. in-8, v. rac.

137. Dictionnaire de Richelet. *Paris, Jacques Estienne*, 1728, 3 tom. in-fol. v. marbré.

Imprimé à Lyon.

138. Dictionnaire de la langue française, par Boiste. *Paris*, 1829, in-4, demi-rel.

139. Dictionnaire comique, satirique, critique, burlesque, libre et proverbial, par P.-J. Leroux. *A Pampelune et Amsterdam*, 1786-87, 2 vol. in-8, v. ant. marbré.

140. Lexicon Cornu-Britannicum, dictionary of the ancient celtic language of Cornwall..., with translations in english, the synonyms are also given in the cognate dialects of welsh, armoric, irish, gaelic and manx..., by rev. Rob. Williams. *London, Trubner*, 1865, in-4, cart. n. rog.

141. A Practical Grammar of the antient Gaelic or language of the isle of Man, by J. Kelly. *Douglas*, 1859, in-8, cart.

142. Brutusiana. Sef Casgliad Detholedig o'i Gyfansoddiadau, gan David Owen, Brutus, prif Olygydd Yr « Haul. » *Llanymddyfri, William Rees*, 1855, gr. in-8, cart. en percal. non rog.

143. Dosparth edeyrn davod aur, or the ancient welsh grammar..., with english translations and notes, by the rev. John Williams ab Ithel, published for the Welsh Mss. Society. *Llandovery*, 1856, in-8. cart. en percal. n. rog.

144. Dictionnaire françois et russe, par J. de Tatischeff. *Moscou*, 1827, 2 tom. en 1 vol. in-4, demi-rel.

145. Cinq volumes in-8 et in-12, en latin, en anglais et en langue orientale, relatifs à diverses langues de l'Orient. 1709, 1720 et XIXe siècle, demi-rel et cartonnés.

146. A Lexicon english and turkish..., by J. W. Redhouse. *London, B. Quaritch*, 1861, gr. in-8, cart.

147. Catafago's arabic and english Dictionary. *London, B. Quaritch*, 1873, in-8, cart. anglais.

148. Translations from the chinese and armenian, with notes and illustrations, by Ch. Fried. Neumann. *London, printed for the oriental translation*, 1831, gr. in-8, cart. n. rog. —

The Rudiments of the chinese language..., by the rev. James Summers. *London, B. Quaritch*, 1864, in-18, cart.

---

149. M. Fab. Quintiliani oratoris Opera. *Apud Gryphium, Lugduni*, 1531, in-8, mar. à comp. dor. tr. dor.

150. Ciceronis Orationes. *Lugd. Bat., Elz.*, 1642, 2 vol. in-12, mar. r. tr. dor.

---

151. Réflexions critiques sur la poésie et sur la peinture, par M. l'abbé Dubos. *A Paris, chez Pissot*, 1755, 3 vol. in-8, tiré in-4, texte enc. v. ant. fil.

152. Anacreontis Teii Odæ, ab Henrico Stephano luce et latinitate nunc primum donatæ. *Lutetiæ, apud Henr. Stephanum*, 1554, pet. in-4, mar. n. fil. tr. dor. (*Rel. anc. avec armoiries.*)

Première édition. Le titre de cet exemplaire est doublé, et la marge latérale en a été coupé.

153. Les Fables d'Esope Phrygien, avec des réflexions, par Baudouin. *Bruxelles, Foppens*, 1669, in-12, vél.

Figures dans le texte.

154. Æsopus in Europa. *S'Gravenhage*, 1738, in-4, v. fig.

155. Horatii Opera cum notis Johannis Bond. *Aurel., Couret de Villeneuve*, 1767, in-12, v. f.

156. Ovidii Opera. *Amstelodami, typis Elzevirii*, 1676, 3 part. en 1 vol. in-16, fr. gr. mar. br. tr. dor. (*Anc. rel.*)

157. Les Métamorphoses d'Ovide mises en vers françois par Th. Corneille. *Suivant la copie de Paris, à Liége (à la Sphère)*, 1698, 3 vol. in-12, demi-rel. v. f. tr. peign.

158. Métamorphoses d'Ovide en rondeaux. *S. l. n. d.*, in-12, figures à mi-pages, demi-rel. v. f.

159. Fables de Phèdre. *Paris, Olivier de Varenne*, 1669, in-12, v. br.

Frontispice gravé et figures dans le texte.

160. Theodori Bezæ Poemata varia. (*H. Stephanus*), *anno* 1597, in-4, vél.

Belle édition publiée sous les yeux de l'auteur. Les pages 223 à 268, renermant les emblèmes, sont ornées de jolies figures.

161. Les Anciens Poëtes de la France (Doon de Maience, Fierabras, Parise la Duchesse, Huon de Bordeaux, Gaufrey). *Paris, Wieweg*, 1856, 4 vol. in-12, cart.

162. Le Roman de la Rose, par Guillaume de Lorris et Jehan de Meung, nouvelle édition publiée par M. Méon. *Paris, de l'impr. de P. Didot l'aîné*, 1814, 4 vol. in-8, demi-rel. v. f. tr. jasp. fig. de Monnet.

163. Partonopeus de Blois, publié d'après le manuscrit de l'Arsenal, avec trois fac-simile, par G.-A. Crapelet. *Paris, impr. de Crapelet*, 1834, 2 tom. en 1 vol. gr. in-8, pap. vél. demi-rel. v. ant. tr. jasp.

164. Poésies morales d'Eustache Deschamps. *Paris, Crapelet*, 1832, gr. in-8, pap. vél. cart. non rog.

165. Œuvres choisies de Clément Marot, accompagnées de notes historiques et littéraires par M. Després, et précédées d'un Essai sur Clément Marot, par M. Campenon. *Paris, Janet et Cotelle*, 1826, in-8, portr. sur chine, mar. noir, tr. dorée.

166. Les Œuvres et meslanges poétiques d'Estienne Iodelle, sievr dv Lymodin. *A Paris, chez Nic. Chesneau et Mamert Patisson*, 1574, in-8, v. ant.

Exemplaire en mauvais état. Le titre est raccommodé.

167. La Ville de Paris en vers bvrlesqves, par le sieur Berthod. *A Paris, chez la veuve Guillaume et Jean-Baptiste Loyson*, 1654, in-4, avec 2 front. gravés, vél.

Dans le même volume : Sentimens chrestiens, Maximes d'Estat et de religion, illustrées de paragraphes par le sieur de la Luzerne Garaby. *Paris, Thomas Jolly*, 1654.

168. L'Art poétique du sieur Colletet. *Paris, Ant. de Sommaville*, 1658, in-12, v. br.

169. Satyres du sieur D***. *Paris, Louis Billaine*, 1666, in-12, v. br.

Édition originale. Le frontispice gravé manque.

170. Les Œuvres de M. Boileau-Despréaux, avec des éclaircissemens historiques. *A Paris, chez la veuve Alix, libraire, rue Saint-Jacques, au Griffon*, 1740, 2 vol. in-4, v. ant. tr. rouge, portr. et grav. par Cochin.

Belles épreuves des gravures. L'épitaphe d'Arnaud se trouve dans cet exemplaire.

171. Fables choisies mises en vers par J. de la Fontaine. *A Bouillon, aux dépens de la Société typographique*, 1776, 4 vol. in-8, fig. de Bertin, bas. tr. dor.

172. Fables de la Fontaine. *A Paris, de l'impr. de P. Didot l'aîné*, 1813, 2 vol. in-8, portr. sur chine et grav. demi-rel. chagr. vert foncé, plats toile, tr. dor.

173. Fables de la Fontaine, avec un nouveau commentaire littéraire et grammatical par Ch. Nodier, et ornées de douze gravures. *Paris, Emler fr.*, 1828, 2 vol. in-8, demi-rel. v. f. non rog.

174. Fables de la Fontaine, avec notes et soixante-quinze gravures sur bois. *A Paris, chez Crapelet*, 1830, 2 vol. in-16, demi-rel. v. bleu, tr. marbr.

175. Fables de la Fontaine, illustrées par J.-J. Grandville. *Paris, H. Fournier aîné*, 1839, 2 vol. in-8, v. rose estamp. fil. or. tr. dor.

176. Fables de la Fontaine, avec les dessins de Gustave Doré. *Paris, L. Hachette*, 1868, 2 vol. in-4, demi-rel. dos et coins de mar. r. jans. tête dor. non rog.

177. Contes de la Fontaine, nouvelle édition accompagnée de notes par C.-A. Walckenaer. *Paris, chez Lefèvre*, 1822, in-8, fig. d'après Moreau, demi-rel. v. vert, tr. marbr.

178. Les Contes de J. de la Fontaine. *A Paris, chez J.-L.-J. Brière*, 1824, 2 vol. in-16, br.

179. Les Nouvelles Œuvres de M. le Pays. *Amsterdam, Wolfgang*, 1677, 2 part. en 1 vol. in-12, vél.

180. Les Nouvelles Œuvres de M. le Pays. *Amsterdam, chez les héritiers Schelte*, 1699, 2 part. en 1 vol. in-12, front. gravé, demi-rel.

181. La Ligue, ou Henry le Grand, poëme épique, par M. de Voltaire. *Genève, Jean Mokpap*, 1723, in-8, vél.

Première édition, publiée par l'abbé Desfontaines.

182. Apologie du poëme de M. de V. (Voltaire) sur la bataille de Fontenoy. *A Fontenoy*, 1745, in-4, de 9 pages. — Réflexions sur un imprimé intitulé : la Bataille de Fontenoy, poëme, dédiées à M. de Voltaire. *S. l.*, 1745, in-4 de 18 pp. en 1 vol. in-4, v. ant. fil. tr. dor.

183. La Religion et la Grâce, poëme, par Louis Racine. *Paris, L. de Bure*, 1826, pet. in-12, portr. mar. viol. fil. à comp. tr. dor.

184. Recueil de romances historiques tendres et burlesques, tant anciennes que modernes, avec les airs notés par M. D. L. *S. l.*, 1767, in-8, mar. r. à comp. tr. dor.

185. Romances, par M. Berquin. *Paris, Ruault*, 1776, in-18, pap. fort, jolies fig. d'Eisen, v. m. fil. tr. dor.

186. Origine des Grâces, par Mlle Dionis. *Paris*, 1777, in-8, broché.

Frontispice gravé et 5 planches par Cochin.

187. Œuvres choisies de Parny. *Paris, Lefèvre*, 1827, 1 vol. in-8, demi-rel. v. bleu.

188. La Lyre protestante consacrée aux partisans de la bonne cause (par Ramier). *S. l. n. d.*, in-12, mar. rouge, tr. dor. (*Anc. rel.*)

189. Fables de Florian, illustrées par Victor Adam, précédées d'une notice par Charles Nodier, et d'un Essai sur la fable. *Paris*, 1838, in-8, demi-rel. v. rose, tr. jasp.

190. Le Mérite des femmes et autres poésies, par Gabriel Legouvé. *Paris, A.-A. Renouard*, 1813, pet. in-12, mar. r. dent. à comp. tr. dor.

191. Méditations poétiques (par Lamartine). *Paris*, 1820, in-8, cart. non rog.

Première édition. Bel exemplaire.

192. Chant du sacre, ou la Veille des armes, par A. de Lamartine. *Paris, Baudouin et Urbain Canel*, 1825, in-8, demi-reliure.

Édition originale.

193. Odes sacrées, idylles et poésies diverses, par le comte de Marcellus; dédié à S. M. Louis XVIII. *Paris, Ladvocat*, 1825, in-18, mar. bleu, dent. dos et coins fleurdelisés, doublé de tabis, dent. tr. dor.

Exemplaire en papier vélin, aux armes de la DUCHESSE D'ANGOULÊME.

194. Musique des chansons de Béranger. *Paris, Perrotin*, 1851, in-8, br.

195. Victor Hugo. Poésies. *Paris, L. Hachette*, 1868-69, 6 vol. in-18, demi-rel. mar. r. non rog.

Les Voix intérieures, les Rayons et les Ombres. — Odes et Ballades. — Les Orientales. — La Légende des siècles. — Les Contemplations, 2 vol.

196. Le Livre des sonnets, dix dizains de sonnets choisis. *Paris, Alph. Lemerre*, 1874, in-8, br. texte enc. fil. rouge.

197. Leconte de Lisle. Poëmes antiques. *Paris, Alph. Lemerre*, 1874, in-8, br. — Poésies et Messéniennes, par Casimir Delavigne. *Paris, Ladvocat*, 1824, in-8, v. marbr. filets.

---

198. Quattro Poeti italiani. *Parigi, presso Lefèvre*, 1833, 1 vol. gr. in-8, demi-rel. v. sumac rouge.

199. La Divina Commedia di Dante Alighieri. *Roma*, 1815, 3 vol. in-4, v. f. ant.

200. Il Petrarca, con nuove spositioni, nelle quali, oltre l'altre cose, si dimostra qual fusse il vero giorno et l'hora

del suo innamoramento..... *In Lyone, appresso Gulielmo Rovillio*, 1574, pet. in-16, mar. r. comp. à petits fers, fermoirs, tr. dor. (*Rel. du temps.*)

201. Le Rime del Petrarca con tavole in rame ed illustrazioni. *Firenze*, 1821, 2 vol. — Rime e satire di Lodovico Ariosto, con annotazioni. *Firenze*, 1822, ens. 3 vol. in-8, demi-rel. v. ant.

202. Le Rime di Petrarca. *Parigi, presso Baudry*, 1836, 2 vol. in-8, demi-rel. dos et coins de mar. r.

203. Le tre più celebri Pastorali italiane. *Orléans*, 1787, 1 vol. in-8, demi-rel. v. f.

204. Romancero e historia del muy valeroso caballero el Cid Ruy Diaz de Vibar, en lenguage antiguo, recopilado por Juan de Escobar..., con una version castellana de la historia de la vida del Cid por D. Juan de Müller. *En Franco-forto, impr. de Brenner*, 1828, pet. in-12 allongé, figure, demi-rel. dos et coins de mar. vert.

205. Las Eroticas y traduccion de Boccio de Don Estevan Manuel de Villegas. *En Madrid*, 1797, 2 tom. en 1 vol. — La Diana enamorada de Gil Polo. *Madrid*, 1802. — Poesias selectas castellanas, por D. Quintana. *Madrid*, 1807, 2 vol. — Varias Poesias compuestas por Don Fernando de Acuna. *Madrid*, 1804. Ens. 5 vol. in-12, cart.

206. Parnaso Lusitano, ou poesias selectas dos auctores portuguezes antigos e modernos illustradas con notas. *Paris*, 1826, 5 vol. in-32, br.

207. La Lusiade du Camoens, trad. par Duperron de Castera. *Paris*, 1735, 3 vol. in-12, v.

Frontispice gravé et figures. Première traduction française.

208. Huit Volumes et brochures in-8 de poésies anglaises. 1837-1870, cart. en percal.

Ouvrages ou Recueils par Oliphant, Mrs Bowen, Alb. Schulz, John Lloyd, Gododin (trad.), John Jones.

209. Les Saisons, poëme traduit de l'anglais de Thompson (par Mme Bontemps). *Paris, chez Chaubert et Hérissant*, 1759, pet. in-8, front. fig. et vignettes d'après Eisen, v. marbr. ant.

210. Specimens of the Polish poets, with notes and observations on the literature of Poland, by John Bowring. *London*, 1827, in-18. — Servian popular poetry, translated by John Bowring. *London*, 1827, in-18. Ens. 2 vol. cart. non rog.

211. Bowring. Minor Morals. — Servian popular poetry, etc. 8 vol. in-12, cart.

212. Sept Volumes in-8 relatifs à l'histoire et à la poésie dans l'Inde, au Japon, etc..., publiés de 1831 à 1872, texte anglais, cartonnés.

213. Fleurs de l'Inde; Chants arabes. *Nancy*, 1857. — Une Tétrade ou drame, hymne, roman et poëme. *Paris, Durand*, 1862. — Dissertation on the nature and character of the chinese system of writing, by the Peter S. Du Ponceau. *Philadelpia*, 1838. Ens. 3 vol. in-8, cart. et br.

214. Le Bhâgavata Purâna, ou histoire poétique de Krichna, traduit par M. Eugène Burnouf. *Paris, Imprimerie royale*, 1840 à 1847, 3 vol. in-4, dos et coins en cuir de Russie, fil. tr. peigne.

Bel exemplaire.

215. Harivansa, ou Histoire de la famille de Hari, ouvrage formant un appendice du Mahabharata, et traduit sur l'original sanscrit par M. A. Langlois. *Paris, printed for the Oriental Translation..., and London*, 1834, in-4, cart.

216. Kumára Sambhava Kalidasæ carmen sanskrite et latine, edidit Adolphus Fredericus Stenzler. *Berlin, printed for the Oriental Translation, and London*, 1838, in-4, cart.

217. Translation of the Sanhita of the Sama Veda, by the rev. J. Stevenson. *London*, 1842, in-8, cart.

218. Specimens of the popular poetry of Persia, as found in the adventures and improvisations of Kurroglou, the bandit minstrel of Northern Persia... with philological and historical notes, by Alex. Chodzko. *London, printed for the Oriental Translation...*, 1842, gr. in-8, cart. n. rog.

219. Biographical Notices of Persian poets, with critical and explanatory remarks, by sir Gore Ouseley. To which is prefixed a memoir of sir Gore Ouseley..., by rev. James Reynolds. *London, printed for the Oriental Translation...*, 1846, in-8, demi-rel. v. ant.

220. Laili and Majnün, a poem from the original Persian of Nazami, by James Atkinson. *London*, 1836, in-8, cart. anglais.

---

221. Les Comédies de Térence, traduction nouvelle avec le texte latin à côté et des notes par M. l'abbé Le Monnier. *A Paris, chez Ant. Jombert père et fils*, 1771, 3 vol. in-8, figures de Cochin, v. ant. marbr.

222. Œuvres de Racine. *Paris, Pierre Trabouillet*, 1702, 2 vol. in-12, vélin.

Titre gravé et figures. Exemplaire grand de marges.

223. Œuvres complètes de J. Racine, avec les notes de tous les commentateurs, publiées par L. Aimé-Martin. *Paris, chez Lefèvre*, 1844, 6 vol. in-8, br. portrait gravé sur acier.

224. Regnard. Les Œuvres. *Paris*, *Pierre Ribou*, 1714, 2 vol. in-12, titres gravés, figures.

Exemplaire grand de marges.

225. Théâtre lyrique, avec une préface où l'on traite du poëme de l'Opéra, et la réponse à une épître satirique contre ce spectacle, par M. Le Br. (Le Brun). *Paris*, *Pierre Ribou*, 1712, in-12, mar. citr. dent. dos orné, tr. d. (*Jolie rel. anc.*)

226. Les Œuvres de M. de Crébillon. *A Paris, chez Pierre Ribou*, 1711, in-12, v. ant.

Ce volume contient : Idoménée. — Atrée et Thyeste. — Électre. — Rhadamiste. Avec titres pour chaque pièce, à la date de 1709.

227. Œuvres de Crébillon. *De l'imprimerie de Didot jeune*, 1797, 2 vol. in-8, pap. vél. figures, v. fil. tr. dor.

Épreuves avant la lettre.

228. Théâtre de Voltaire. *A Londres* (*Cazin*), 178?, 8 vol. in-16, mar. r. foncé, jans. tr. dor. (*Anc. rel.*)

229. Choix de pièces de théâtre de La Noue. *A Londres, et se trouve à Paris, chez Cazin*, 1787, in-16, portrait, v. éc. ant. fil. tr. dor.

230. Henri III et sa cour, drame, par Alexandre Dumas. *Paris*, 1829, in-8, cart. n. rog.

Édition originale.

231. Hernani, ou l'Honneur castillan, drame, par Victor Hugo. *Paris, Mame*, 1830, in-8, demi-rel. n. rog.

Édition originale.

232. Angèle, drame en cinq actes, par Alexandre Dumas. *Paris, Charpentier*, 1834, in-8, cart. n. rog.

Frontispice gravé par Célestin Nanteuil. Il est remonté.

233. Théâtre de M. H. F. E. E. Dumolard (Orcel), contenant plusieurs pièces inédites outre celles déjà connues. *Paris*, 1834, in-8, v. f. fil. n. rog. (*Bauzonnet.*)

234. Œuvres complètes de Casimir Delavigne. *Paris, Delloye*, 1836, gr. in-8, demi-rel. mar.

235. Louis XI, tragédie, par Casimir Delavigne. ***Paris, Barba***, 1833, in-8, br.

Édition originale.

236. Comédies et proverbes, par Alfred de Musset. *Paris, Charpentier*, 1840, in-12, br.

237. La Reconnaissance de Sacountala, drame sanscrit et pracrit de Calidasa, publié pour la première fois, en original, sur un manuscrit unique de la Bibliothèque du Roi, accompagné d'une traduction française, et suivi d'un appendice par A.-L. Chézy. *Paris, à la librairie orientale de Dondey-Dupré père et fils*, 1830, in-4, dos et coins cuir de Russie, filets.

---

238. Œuvres de Rabelais, édition variorum. *Paris, Dalibon*, 1823, 9 vol. in-8, demi-rel. v. r.

239. La Vraye Histoire comique de Francion composée par Nicolas de Moulinet, sieur du Parc, gentilhomme lorrain. *A Leyde, chez N. Drumond*, 1721, 2 vol. in-12, fig. bas.

Le tome II est incomplet du titre.

240. Agathonphile, ov les Martyrs siciliens, Agathon, Philargiryppe, Triphyne et leurs associez, histoire dévote où se découvre l'art de bien aimer, pour antidote aux déshonnestes affections, par M. l'évesque de Belley. *A Rouen, chez François Vavltier*, 1641, in-8, mar. olive, fil. tr. dor. (*Anc. rel.*)

241. L'Admirable Histoire du Chevalier du Soleil, traduite en nostre langue par Fr. de Rosset. *Paris, Math. Guillemot*, 1643, 8 vol. pet. in-8, mar. r. (*Anc. rel.*)

Les tomes II et VI sont piqués, et les tomes V et VIII sont incomplets.

242. Lettres d'Amour d'une religieuse escrites au chevalier de C***, officier françois en Portugal. *Cologne, Pierre du Marteau*, 1669, in-12, vél.

Titre défectueux. A la suite se trouve : Response aux Lettres portugaises. *Paris, chez Loyson*, 1671.

243. Œuvres du comte Antoine Hamilton. *Paris, A.-A. Renouard*, 1812, 3 vol. in-8, br. portrait.

244. Les Amours de Psyché et de Cupidon, par la Fontaine. *Paris, Coiny, s. d.*, 2 vol. pet. in-12, cart. n. rog.

Papier vélin, figures avant la lettre.

245. Les Amours de Psyché et de Cupidon, suivies d'Adonis poëme, par la Fontaine. *Paris, Leclere*, 1863, 2 vol. in-12 br. figures.

Les figures sont à la fin des volumes.

246. Les Aventures de Télémaque, fils d'Ulysse, par M. de Fénelon. *A Paris, de l'imprimerie de Crapelet, an IV*, 2 vol. in-8, portrait et figures de Marillier, demi-rel. v. ant.

247. Les Aventures de Télémaque, fils d'Ulysse, par M. de Fénelon. *Paris, de l'imprimerie de Crapelet, an IV*, 2 vol. in-8, portrait et 25 gravures d'après Marillier, v. vert quadr. fil. tr. dor.

248. Les Aventures de Télémaque, suivies des Aventures d'Aristonoüs, précédées d'un Essai sur la vie et les ouvrages de Fénelon, par M. Jules Janin, édition illustrée par MM. Tony Johannot, Daubigny, etc. *Paris, Ern. Bourdin, s. d.*, gr. in-8, demi-rel. dos et coins de mar. r. du Lev. fil. dos orné, tête dor. n. rog.

Suite de figures ajoutées d'après Moreau le Jeune.

249. Histoire de Gil-Blas de Santillane, par le Sage. *Paris, L. De Bure*, 1825, 4 vol. pet. in-12, mar. r. fil. tr. dor.

Reliure fatiguée.

250. Histoire d'Estevanille Gonzalez, surnommé le Garçon de Bonne Humeur, tirée de l'espagnol par M. Lesage. *Paris, Prault*, 1734, 2 part. en 1 vol. in-12, v. br.

Édition originale. Parties I et II.

251. Tarzis et Zélie (par Le Vayer de Boutigny), *Paris, Musier fils*, 1774, 3 tom. en 6 vol. gr. in-8, figures et vignettes de Cochin et d'Eisen, v. m. fil. tr. dor.

252. Aventures et Espiègleries de Lazarille de Tormes. *Paris, Didot*, 1801, in-8, fig. de Ransonnette, demi-rel.

253. Le Diable amoureux (par Cazotte). *Naples*, 1772, in-8, cart. *figures*.

Édition originale.

254. Atala, René, par Aug. de Chateaubriand. *A Paris, chez le Normand*, 1805, in-8, v. vert foncé, orn. à froid, dent. or. tr. dor. fig.

Ce livre a été entièrement fait à la plume, imitant tout à fait les caractères d'imprimerie, par L.-A.-N. Ribert, relieur en 1814.

255. Romans et autres ouvrages publiés de 1818 à 1832. Ens. 11 vol. in-8, cart.

Le Solitaire, par le vicomte d'Arlincourt. — Histoire des Bohémiens. — L'Homme au masque de fer.

256. Nouvelles, par M. le vicomte de Chateaubriand, avec une notice sur sa vie, et des nouvelles historiques servant d'annotations à ses ouvrages, par M. D*** de S. E***. *Paris, s. d.*, 5 vol. pet. in-16, br.

257. Paul et Virginie, suivi de la Chaumière indienne, etc., par Bernardin de Saint-Pierre. *Paris, Aimé André*, 1823, in-8, fig. v. ant.

258. Corinne, ou l'Italie, par Mme la baronne de Staël. *Paris, V. Lecou*, 1853, gr. in-8, br. fig.

259. Voyage autour de ma chambre, suivi du Lépreux de la cité d'Aoste, par M. le comte Xavier de Maistre. *Paris, Delaunay*, 1829, in-16, v. f. viol. fil. à comp. tr. dor.

260. Le Rouge et le Noir, chronique du XIXe siècle, par M. de Stendhal. *Paris, Levavasseur*, 1831, 2 vol. in-8, cart. non rog.

261. Le Saphir. *Paris, Urbain Canel*, 1832, in-12, br.

Ce volume, bien imprimé, est composé de morceaux de Balzac, Brifaut, Jules Janin, Eugène Sue, publiés pour la première fois.

262. Scènes de la vie privée et publique des animaux, vignettes par Grandville. *Paris, J. Hetzel et Paulin*, 1842, 2 vol. gr. in-8, demi-rel. v. bleu, tr. jasp.

263. Gautier (Th.). Mademoiselle de Maupin. — Le Roman de la momie. *Paris, Charpentier*, 1859-60, 2 vol. in-18, demi-rel. chagr. viol. non rog.

264. Le Tailleur de pierre de Saint-Point, par A. de Lamartine. *Paris, Hachette*, 1862. — Eugénie Grandet, par M. de Balzac. *Paris, Charpentier*, 1841. — La Bourse, comédie par Ponsard. — Une Visite de noces, par Alex. Dumas fils. Ens. 2 vol. et 2 broch. in-18, rel. et br.

265. Eugénie Guérin. Journal et fragments. — La Comédie-Française, histoire administrative, par Jules Bonnassies. — L'Etat de la France au 18 brumaire, par Félix Rocquain. *Paris, Didier*, 1874, ens. 3 vol. in-18, br.

266. Divers Romans et contes, publiés par Dentu. 1865-1874, 10 vol. in-18, br.

Contes du roi Cambrinus. — La Femme depuis six mille ans. — Rose, splendeurs et misères de la vie théâtrale. — Le Roman d'une paysanne.

267. Une Vieille Maîtresse, par J. Barbey d'Aurevilly. *Paris, Alph. Lemerre*, 1874, 2 vol. in-16, br.

268. Théophile Gautier. Les Jeune France. — Histoire du romantisme. — Portraits contemporains. *Paris, Charpentier*, 1874, 3 vol. in-18. — Théophile Gautier. Souvenirs intimes, par Ern. Feydeau. *Paris, E. Plon*, 1874, ens. 4 vol. in-18, br.

269. L'Ingénieux Hidalgo Don Quichotte de la Manche, par Miguel de Cervantes, trad. et annoté par Louis Viardot, vignettes de Tony Johannot. *Paris, Dubochet*, 1836, 2 vol.

gr. in-8, demi-rel. dos et coins de mar. rouge, fil. tr. sup. dor.

270. L'Ingénieux Hidalgo Don Quichotte de la Manche, par Miguel de Cervantes Saavedra, traduit et annoté par Louis Viardot, vignettes de Tony Johannot. *Paris, J. Dubochet*, 1845, in-4, demi-rel. chagr. br. plats toile, est. tr. dor.

271. Le Ministre de Wakefield, traduction nouvelle par Hennequin. *Paris*, 1825, in-8, demi-rel. v. r.

272. Walter Scott (Œuvres), traduction Defauconpret. *Paris, Furne*, 1830-1831, 30 vol. in-8, demi-rel. mar. v. (*avec gravures.*)

273. Makamat, or rhetorical anecdotes of al Hariri of Basra, translated from the original arabic with annotations by Theodore Preston. *London, James Madden*, 1850, gr. in-8, cart. en percal. non rog.

---

274. Histoire de la littérature française, par D. Nisard. *Paris, Firmin Didot*, 1861, 4 vol. in-8, br.

275. An Essay on the influence of welsh tradition upon the literature of Germany, France, and Scandinavia, translated from the German of Albert Schulz. *Llandovery*, 1841, in-8, cartonné.

276. Le Critique et l'Apologiste sans fard, ou Caractères opposez dans différens états et conditions. *Paris, Fr. Fournier*, 1711, in-12, br. non rog.

277. Les Oubliés et les Dédaignés, figures littéraires de la fin du XVIIIe siècle, par M. Ch. Monselet. *Paris, Poulet-Malassis*, 1861, in-12, br.

278. L'Esprit des journaux français et étrangers. *Paris, août* 1780, in-12, demi-rel. v. f.

279. The literary Remains of the Rev. Thomas Price, Carnhuanawr. *Llandovery, Will. Rees*, 1854, 2 vol. gr. in-8, avec 2 portr. photogr. et figures gravées, cart. en percal. non rog.

280. The Literature of the Kymry; being a critical essay on the history of the language and literature of Wales.... by Thomas Stephens. *Llandovery, Will. Rees; London, Longman*, 1849, gr. in-8, cart. en percal. non rog.

281. Aresta Amorvm. *Lugduni, apud Seb. Gryphium*, 1533, in-4, v. ant. marbr.

282. Des. Erasmi Roterod. Colloqvia. *Amstelodami, ex officina Elzeviriana*, 1679, in-12, front. gr. vél.

Exemplaire fatigué.

283. Entretien d'un Européen avec un insulaire du royaume de Dumolaca, par L. R. D. P. D. D. L. E. D. B. (le roi de Pologne (*Stanislas*) duc de Lorraine et de Bar). (*Paris*), 1754, in-12, mar. r. fil. tr. dor. (*Anc. rel.*)

284. Recueil des lettres de Mme la marquise de Sévigné à Mme la comtesse de Grignan sa fille. *A Paris, par la compagnie des libraires*, 1785, 7 vol. in-12, mar. r. doublé de tabis, fil. tr. dor. (*Anc. rel.*)

Exemplaire aux armes de la princesse de Lamballe. Il manque le tome V.

285. Lettres de Mme de Sévigné, avec les notes de tous les commentateurs. *Paris, Firmin Didot fr.*, 1856, 6 vol. in-18, portr. gravé, demi-rel. dos et coins de mar. brun, tête dor. non rog.

286. Lettres d'une chanoinesse de Lisbonne à Melcour, officier français, précédées de quelques réflexions (par Dorat). *A la Haye, et se trouve à Paris*, 1770, in-8, pl. vignette et cul-de-lampe d'Eisen, veau fauve ant. fil.

287. Lettres cabalistiques, ou Correspondance philosophique, historique et critique... (par le marquis d'Argens). — Lettres chinoises... (par le même). *La Haye, Pierre Paupie*, 1754-1755. Ensemble 13 vol. in-12, mar. vert, fil. dos orné, tr. dor. (*Rel. anc.*)

288. Nouvelles Lettres angloises, ou Histoire du chevalier Grandisson, par Richardson. *A Londres* (*Cazin*), 1786, 7 vol. in-12, br. fig.

---

289. Œuvres de Plutarque, traduites du grec par Jacques Amyot. *Paris, chez J.-Fr. Bastien*, 1784, 15 vol.; supplément 3 vol. Ens. 18 vol. in-4, fig. de Lebarbier, demi-rel. mar. br. la Vall. tr. jasp.

290. Pièces échappées du feu (ou recueil de diverses pièces en prose et en vers, par Malezieu, Dubois de Saint-Gelais, V. Moreri, le tout recueilli par de Sallengre). *Plaisance* (*Hollande*), 1717, in-8, mar. r. fil. tr. dor. (*Anc. rel.*)

291. Ouvrages de littérature publiés par Michel Lévy frères, de 1864 à 1874. 12 vol. in-18, br.

Cinq Mars. — Les Fleurs du Mal. — Madeleine Bertin, etc.

292. Ouvrages de littérature publiés par Hachette, Hetzel, Plon, Charpentier, etc. 13 vol. in-18, br.

293. Divers Ouvrages de littérature, publiés par Hachette, Plon, Charpentier. 7 vol. in-8 et in-12, br. et rel.

Mémoires de Lauzun. — Érasme, par Feugère. — La Tentation de saint Antoine, par Flaubert.

294. Bibliothèque gauloise. *Paris, Ad. Delahays*, 1857-58, 10 vol. in-12 en grand pap. vél. br.

Cymbalum mundi. — Histoire comique de la lune et du soleil. — Vaux de Vire d'Olivier Basselin et de Jean le Houx. — Le Virgile travesti. — Brantôme. — Desportes. — Tabarin. — Contes et Nouvelles de la Fontaine. — Histoire amoureuse des Gaules, 2 vol.

295. La Fontaine. Œuvres posthumes. *Paris, Jean Pohier*, 1696, in-12, vél. non rog.

Édition originale.

296. Œuvres de J.-J. Rousseau, citoyen de Genève ; édition ornée de superbes figures d'après les tableaux et dessins de Cochin Vincent, Regnault et Monsiau. *A Paris, chez Defer de Maisonneuve, de l'impr. de Didot le jeune*, 1793, 18 vol. in-4, portrait gravé par G. Langlois, et figures (avec la lettre), gravées par Pallas Dupreel, etc., mar. r. fil. tr. dor. (*Anc. rel.*)

Exemplaire en grand papier vélin. Bel exemplaire,

297. Œuvres de Florian de l'Académie française. *Paris, Ménard*, 1838, 12 vol. in-8, portr. et fig. gr. demi-rel. v. bl.

298. Œuvres complètes de Palissot. *Paris*, 1809, 6 vol. in-8, v. granit, fil.

299. Œuvres de Tressan, précédées d'une notice sur sa vie et ses ouvrages par Campenon. *Paris*, 1823, 10 vol. in-8, demi-rel. fig. d'après Colin.

300. Œuvres de Ballanche. *Paris-Genève, Barbezat*, 1830, 4 vol. gr. in-8, demi-rel. v. n.

301. Œuvres de J.-D. Lanjuinais, avec une notice biographique par Victor Lanjuinais. *Paris, Dondey-Dupré*, 1832, 4 vol. in-8, portr. demi-rel. chagr. viol. non rog.

302. Œuvres de Mirabeau. *Paris*, 1834-35, 8 vol. in-8, demi-rel. v. br.

303. Œuvres complètes de Legouvé. *Paris, Louis Janet*, 1826, 3 vol. in-8, demi-rel. mar. n. rog. tr. sup. dor. *fig. de Desenne.*

304. La Pléiade. Ballades, fabliaux, nouvelles et légendes. *Paris, Curmer*, 1842, in-8, cart. n. rog. figures.

305. Lamartine. Œuvres diverses. *Paris*, *L. Hachette*, 1854-1856, 9 vol. in-18, demi-rel. chagr. br. plats toile, tr. dor.

Graziella. — Jocelyn. — Harmonies poétiques. — Recueillements poétiques. — La Chute d'un ange. — Premières Méditations. — Nouvelles Méditations. — Voyage en Orient, 2 vol.

306. Œuvres de Gœthe, traduction nouvelle par Jacques Porchat. *Paris*, *L. Hachette*, 1861-1863, 10 vol. gr. in-8, portr. sur pap. de Chine, demi-rel. dos et coins de mar. r. tr. sup. dor. n. rog.

Bel exemplaire en grand papier vélin.

307. Schiller. Sämmtliche Werke in zwei Banden. *Paris*, *Félix Locquin*, 1837, 2 vol. gr. in-8, texte allemand et à deux col. portrait, demi-rel. v. bleu, n. rog.

308. Œuvres de Schiller, traduction nouvelle par Ad. Regnier. *Paris*, *L. Hachette*, 1859-1862, 8 vol. gr. in-8, portr. demi-rel. dos et coins de mar. r. tr. sup. dor. n. rog.

Bel exemplaire en grand papier vélin.

HISTOIRE.

309. Malte-Brun. Abrégé de Géographie. *Paris*, 1838, gr. in-8, cart. n. rog. 12 cartes et 25 vignettes.

310. Histoire générale des Voyages, ou nouvelle collection de toutes les relations de voyage par mer et par terre qui ont été publiées jusqu'à présent dans les différentes langues... (publ. par l'abbé Prévost, de Leyre, de Querlon et de Surgy). *Paris*, *Didot*, 1746-1770, 19 vol. in-4, portr., fig. et cartes, v. m. (*Manque le 20e volume.*)

311. Les Entretiens des voyageurs sur la mer, nouvelle édition. *A la Haye*, *Vander Kloot*, 1740, 4 vol. in-12, mar. r. fil. fig. tr. dor. (*Anc. rel.*)

312. Amerigo Vespucci, son caractère, ses écrits (même les moins authentiques), sa vie et ses navigations, avec une carte indiquant les routes, par F.-A. de Varnhagen. *Lima*, *impr. du « Mercurio »*, 1865, 3 parties, de 120, 50 et 50 pp.

carte et fac-simile, demi-rel. dos et coins de mar. r. tr. dor. n. rog.

313. Narrative of Travels in Europe, Asia and Africa, in the seventeenth century, by Evliya Efendi, translated from the turkish by the Ritter Joseph von Hammer. *London, printed for the Oriental Translation*, 1850, 3 part. en 1 vol. in-4, cart. (*Tome 1er en 2 part. et tome 2.*)

Le tome II n'a pas de titre.

314. Dictionnaire géographique de toutes les communes de France, par Girault de Saint-Fargeau. *Paris, Didot*, 1844, 3 vol. in-4, fig. demi-rel. mar.

315. Voyage de MM. Bachaumont et La Chapelle, auquel on a joint les poésies du chevalier de Cailly, la relation des campagnes de Rocroi et de Fribourg, et les Visionnaires, comédie de J. Desmarets. *Amsterdam, Pierre de Coup*, 1708, pet. in-8, mar. r. fil. tr. dor. (*Rel. anc.*)

316. Prosper Mérimée. Notes d'un voyage en Auvergne. — Notes d'un voyage dans l'ouest de la France. *Paris, Fournier*, 1836-38, 2 vol. v. marbr. fil.

317. Notes d'un voyage dans le midi de la France, par Prosper Mérimée. *Paris, Fournier*, 1835, in-8, br.

318. Voyage d'Italie, de Misson, avec un mémoire contenant des avis utiles à ceux qui voudront faire le même voyage. *Utrecht, Guillaume van de Water*, 1722, 4 vol. in-12, fig. v. ant.

319. Gautier (Th.). Voyages en Espagne et en Italie. *Paris, Charpentier*, 1845-1875, 2 vol. in-18, br. et demi-rel. v. viol.

320. Voyages de M. P. S. Pallas en différentes provinces de l'empire de Russie et dans l'Asie septentrionale, traduits de l'allemand par M. Gauthier de la Cyronie. *Paris, Lagrange*, 1788, 2 vol. in-4, cart. non rog.

321. Ein newe Reyssbeschreibung auss Teutschland nach Constantinopel und Jerusalem, durch Salomon Schweigger. *Nürnberg, durch Johann Lantzenberger*, 1608, in-4, vél. tr. r. fig. sur bois.

Exemplaire lavé, grand de marges.

322. Voyage en Perse de MM. Eug. Flandrin, peintre, et Pascal Coste, architecte. *Paris, Gide et Baudry, s. d.*, 5 vol. gr. in-fol., dont 1 de texte et 4 de planches, demi-rel. dos et coins de mar. r. tête dor. n. rog.

Tomes I à V, Perse ancienne.

323. Monuments modernes de la Perse, mesurés, dessinés et décrits par Pascal Coste, architecte. *Paris, A. Morel*, 1865, in-fol. fig.

Livraisons 1 à 26.

324. Relation des régions et religions d'Afrique. *Anno* 1630, gr. in-4, mar. (*Anc. rel.*)

Manuscrit.

---

325. Mémorial portatif de chronologie, d'histoire, d'économie politique, de biographie, etc. *Paris, Verdière*, 1829-30. 4 vol. pet. in-8, demi-rel.

326. Eusebii chronicarum canonum libri duo, gr. et lat., ed. Zohrabus. *Mediolani*, 1818, in-4, v.

327. Défense de la chronologie, fondée sur les monuments de l'histoire ancienne contre le système chronologique de M. Newton, par M. Fréret. *A Paris, chez Durand*, 1758, in-4, v. ant. marbr.

328. Discours sur l'histoire universelle, par Bossuet. *Paris, Cramoisy*, 1681, in-4, v. br.

Édition originale. Bon exemplaire.

329. Discours sur l'histoire universelle, par J.-B. Bossuet, précédé d'une notice littéraire par M. Tissot. *Paris, Furne*, 1847, gr. in-8, figures sur acier, mar. noir jans. tr. dor.

330. Histoire des conjurations, conspirations et révolutions célèbres, tant anciennes que modernes..., par M. Duport du Tertre, terminée par M. Desormeaux. *Paris, Duchesne*, 1754-1760, 10 vol. in-12, mar. r. fil. dos orné, tr. dor. (*Rel. anc.*)

331. Les Tragiqves Accidents des hommes illustres et autres personnes signalées de l'univers, depuis le Ier siècle jusques à présent, par P. Boitel, Parisien. *A Paris, pour Toussainct Du Bray*, 1616, in-12, mar. r. fil. tr. dor. (*Anc. rel.*)

332. Anonymi scriptoris Historia sacra ab orbe condito ad Valentinianum et Valentem impp. e veteri codice græco descripta, J.-B. Bianconi... latine vertit et nonuulla annotavit. *Bononiæ*, 1779, pet. in-fol. br. n. rog.

---

333. Travels in Northern Greece, by William Martin Leake. *London, J. Rodwell*, 1835, 4 vol. in-8, cart. en percal. non rog. (*Avec planches et cartes.*)

334. Peloponnesiaca, a Supplement to Travels in the Morea, by Will. Martin Leake. *London, J. Rodwell*, 1846, in-8, cart. en percal. n. rog. (*Avec cartes.*)

Avec brochure ajoutée contenant des fac-simile de caractères d'inscriptions anciennes.

335. On some disputed questions of ancient geography, by William Martin Leake. *London, John Murray*, 1857, in-8, cart. anglais.

336. The Topography of Athens, with some remarks on its antiquities, by William Martin Leake. *London, J. Rodwell*, 1841, 2 vol. gr. in-8, cart. en percal. n. rog. (*Avec cartes et planches.*)

---

337. Rome au siècle d'Auguste, par Ch. Dezobry. *Paris*, 1846, 4 vol. in-8, demi-rel. chagr. vert, tr. jasp. planches et figures.

338. La Religion romaine d'Auguste aux Antonins, par Gaston Boissier. *Paris, Hachette*, 1875, 2 vol. in-8, br.

339. C. Cornelio Tacito illustrato, ossia antologia politico-historica, tratta dal testo, compilata dal Cav. Giov. Batt. Chiarini. *Napoli, stamp. del Fibreno*, 1851-56, 7 vol. in-8, rel. en velours r. comp. dor. tr. dor.

Aux armes du roi de Naples.

340. M. Velleius Paterculus cum notis Gerardi Vossii. *Amstelodami, ex officina Elzeviriana*, 1664, pet. in-12, front. grav. mar. r. fil. dos orné, tr. dor. (*Rel. anc.*)

Joli exemplaire. Hauteur : 123 millim.

341. Commentaires historiques contenans l'histoire generale des empereurs, impératrices, cæsars et tyrans de l'Empire romain, illustrés, enrichis et augmentés par les inscriptions et enigmes de treize à quatorze cens medailles, tant grecques que latines, par Jean Tristan Escuyer, sieur de Saint-Amant. *A Paris, chez Sébastien Mure et Frédéric Léonard*, 1657, 3 vol. in-fol. mar. r. fil. tr. dor. (*Rel. anc.*)

342. Histoire de Théodose le Grand, par Fléchier. *Paris, Cramoisy*, 1679, in-4, v. br.

Édition originale.

---

343. Les Monumens de la monarchie françoise, qui comprennent l'histoire de France avec les figures de chaque règne..., par le R. P. dom Bernard de Montfaucon. *Paris,*

Jul.-Mich. Gandouin, 1729-1733, 5 vol. in-fol. nombreuses figures, rel. en cuir de Russie.

Le tome V est dérelié et a de fortes mouillures. Il vient d'ún autre exemplaire plus court.

344. Compendium Roberti Gaguini super Francorum gestis. *Impressit Th. Kerver*, 1500, pet. in-fol. lettres rondes, v. br.

Exemplaire grand de marges. Le titre gravé sur bois est répété à la fin du volume.

345. Les Trois Livres des Illustrations des Gaules. — Le Traictié de la différence des scismes. — Epître du roy à Hector de Troye. — La Légende des Vénitiens (par Le Maire de Belges). *Paris*, 1429, in-4, v. br.

Exemplaire grand de marges. Piqûres de vers.

346. Les Illustrations de Gaule et singularitez de Troye. *On les vend à Paris, par Françoys Regnault, libraire juré en l'université de Paris, demourant en la grant rue Sainct-Jacques, à l'enseigne de l'Eléphant, s. d.*, in-fol. fig. sur bois, caract. goth. v. ant.

Sur la marge du titre se trouve la signature : *Stefanus Baluzius Tutelensis.*

347. Les Anciennes et modernes Généalogies des roys de France (par Jehan Bouchet). *Imprimées nouvellement à Poictiers par Jacques Bouchet, l'an mil cinq cens vingt-sept*, pet. in-4, goth. v. portraits.

Exemplaire fortement piqué. Le titre est remonté.

348. Saint Louis et son temps, par H. Wallon. *Paris, L. Hachette*, 1875, 2 vol. in-8, br.

349. Les Écossais en France. Les Français en Écosse, par Francisque Michel. *London, Trubner*, 1862, 2 vol. gr. in-8, cart. anglais, fig. de blason.

350. De Lescure. Les Amours de François Ier. — Les Amours de Henri IV, — Lord Byron. *Paris, Achille Faure*, 1864-65. Ens. 3 vol. in-12, br. pap. vél.

351. Signatures de Charles, duc d'Angoulesme, de Françoys, duc d'Alançon, et autres sur parchemins. Pièces sur la Normandie, etc.

352. Recueil des choses notables qui ont esté faites à Bayonne, à l'entrevue du roy Charles IX, avec la royne Catholique sa sœur. *Paris, Vascosan*, 1566, in-4 vél.

Exemplaire aux armes de Louis XIII. Il est incomplet des ff. 41 à 43.

353. Histoire des amours de Henri IV, avec diverses lettres écrites à ses maîtresses (par Louise-Marguerite de Lorraine,

fille du duc de Guise, princesse de Conti). *Leyde, chez Jean Sambyx* (*Amsterdam, Elzevier*), 1664, in-12, vél.

354. Memoires des sages et royalles œconomies d'estat, domestiques, politiques et militaires de Henry le Grand, l'exemplaire des roys, le prince des vertus, des armes et des loix, et le père en effet de ses peuples françois. Et des servitudes utiles, obéissances convenables et administrations loyales de Maximilien de Béthune, l'un des plus confidens familiers et utiles soldats et serviteurs du grand Mars des François, dédiés à la France, à tous les bons soldats et tous peuples françois. *A Amstelredam, chez Alethinosgraphe de Clearetimelec, et Graphexechon de Pistanite, à l'enseigne des trois vertus couronnées d'Amarenthe, Foy, Espérance, Charité*. 2 tomes in-fol. parch. blanc.

355. Chronologie septennaire, de l'histoire de la paix entre les rois de France et d'Espagne. — Chronologie novenaire, contenant l'histoire de la guerre, sous le règne du très-chrestien roy de France et de Navarre, Henry IV, et les plus mémorables, advenues par tout le monde..... (par Victor Palma Cayet). *Paris, J. Richer*, 1605; 1608; ensemble, 4 vol. pet. in-8, v. f. fil. tr. dor.

356. Recueil de 11 pièces relatives au maréchal d'Ancre. *Imprimées à Rouen*, 1617, en 1 vol. pet. in-8, bas. (*Armes*).

Recueil factice curieux. La première pièce contient deux caricatures gravées sur bois représentant le maréchal d'Ancre en vampire et en monstre. Une autre pièce est en vers. Ce recueil est trop rogné et raccommodé. Il manque du texte à plusieurs feuillets.

357. Mémoires de Brantôme, contenant la vie des Dames illustres de France de son temps. *Sur l'imprimé à Leyde, chez Jean Sambix*, 1665, in-12 vél.

358. Les Mémoires de fev Monsievr le dvc de Gvise. *A Paris, chez Edme Martin, au Soleil d'or, et Séb. Cramoisy, aux Cigognes*, 1668, in-4, mar. r. à comp. tr. dor.

359. Les Mémoires de feu M. le duc de Guise, *A Cologne, Pierre Marteau;* 1669, 2 tomes en 1 vol. in-12, vél.

131 millim. Coins de la marge enlevés aux ff. 17, 19 et 21.

360. Histoire de France pendant les guerres de religion, par Lacretelle. *Paris*, 1822, 4 vol. in-8, demi-rel. — Histoire de France pendant le dix-huitième siècle, par le même. *Paris*, 1819, 6 vol. ensemble 10 vol. in-8, demi-rel.

361. Mémoires du cardinal de Retz, de Guy Joli et de la duchesse de Nemours. *Paris*, 1810, 6 vol. in-8, demi-rel. portrait.

362. Histoire de Colbert et de son administration, par Pierre Clément. — La Police sous Louis XIV. *Paris, Didier*, 1874, ensemble 3 vol. in-8, br.

363. Les Souvenirs de madame de Caylus. *Amsterdam*, 1770, in-12, demi-rel. n. rog.

Première édition, publiée par Voltaire.

364. Vie de madame de Lafayette, par Mme de Lasteyrie sa fille. *Paris, L. Techener*, 1869. — Choix des petits traités de Morale de Nicole. *Paris, J. Techener*, 1857, en 2 vol. in-12, br.

365. Campagne de Louis XIV, par Pellisson, avec la Comparaison de François Ier avec Charles-Quint par M*** (Varillas). *Paris, chez Mesnier*, 1730, in-12, mar. bl. fonc. fil. tr. dor

366. Mémoires du duc de Saint-Simon. *Paris, L. Hachette*, 1873-1874, 13 vol. in-18, br.

Tomes I à VI et tomes X à XVI.

367. Le Duc de Saint-Simon, par Arm. Baschet. — Histoire du dépôt des archives des affaires étrangères par Arm. Baschet. *Paris, E. Plon*, 1874-75, ens. 2 vol. in-8, br.

368. Le Gazetier cuirassé, ou Anecdotes scandaleuses de la cour de France, contenant des nouvelles politiques, nouvelles apocryphes, secrettes, extraordinaires, etc., auxquelles on a ajouté des remarques historiques et anecdotes sur le château de la Bastille et l'inquisition de France, le plan du château de la Bastille. *Imprimé à cent lieues de la Bastille, à l'enseigne de la liberté*, 1777, in-12, cart. front. gravé, et plan.

369. Sacre de Louis XVI, précédé de recherches sur le sacre des rois de France. *Paris*, 1775, gr. in-8, cart. non rogné. *Figures.*

370. Revue chronologique de l'histoire de France, depuis la première convocation des notables, jusqu'au départ des troupes étrangères, 1787-1818. *Paris, F. Didot*, 1820, in-8, v. gr. fil,

371. Thiers, Histoire de la Révolution française. *Paris, Furne*, 1839, 10 vol. in-8, demi-rel. v. f.

372. Journal politique national des états généraux et de la révolution de 1789, publié par l'abbé Sabatier. 1790, 2 tom. en 1 vol. in-8, demi-rel.

373. Études politiques sur l'histoire ancienne et moderne, par Paul Devaux. *Londres*, 1875. — La Révolution francaise et la féodalité, par H. Doniol. *Paris*, 1874. — Camille Desmoulin, Lucile Desmoulins, par J. Claretie. *Paris*, 1875.

Le Chancelier Pierre Séguier, par René Kerviller. *Paris*, 1874, ens. 4 vol. in-8, br.

374. De Lescure. La Princesse de Lamballe. *Paris*, 1864, 1 vol. in-8, br. Gravures.

Hommage de l'auteur à M. Villemain.

375. Œuvres de J.-M.-Ph. Roland, femme de l'ex-ministre de l'Intérieur, précédées d'un discours préliminaire par L.-A. Champagneux. *Paris, chez Bidault, an VIII*, 3 vol. (portrait). Lettres autographes de madame Roland, adressées à Bancal des Issarts, membre de la Convention, publiées par Mme Henriette Bancal des Issarts et précédées d'une introduction par Sainte-Beuve. *Paris, Eugène Renduel*, 1835, 1 vol. ens. 4 vol. in-8, v. f. n. rog.

376. Louis XVII, sa vie, son agonie, sa mort, captivité de la famille royale au Temple, par M. A. de Beauchesne, 3e édition, enrichie d'autographes, et ornée des portraits de la famille royale gravés en taille-douce sous la direction de M. Henriquel-Dupont. *Paris, H. Plon*, 1861, 2 vol. in-8, br.

377. Anecdotes secrètes sur le 18 Fructidor et nouveaux mémoires des déportés à la Guianne, écrits par eux-mêmes et faisant suite au journal de Ramel. *Paris, s. d.*, in-8, demi-rel. chagr. vert, n. rog.

378. Pièces relatives à la catastrophe du duc d'Enghien, par Mrs Savary, Hulin, de la Touche, Gautier, Boudant, etc., in-8, v. ant.

379. Vignettes et portraits pour l'Histoire du consulat de M. Thiers. *Paris, Paulin*, 1850, 12 livr. gr. in-8, br.

380. Histoire des négociations diplomatiques relatives aux traités de Morfontaine, de Lunéville et d'Amiens, publiée par A. Ducasse. *Paris, E. Dentu*, 1858, 3 vol. in-8, demi-rel. chagr. brun.

381. Vie politique et militaire de Napoléon, racontée par lui-même (par Jomini). *Paris, chez Anselin*, 1829, 4 vol. in-8, br.

Rare.

382. Mémorial de Sainte-Hélène. *Paris, Ernest Bourdin*, 1842, 2 vol. br. in-8, demi-rel. mar. v.

383. Mémoires de Malouet, publiés par son petit-fils, le baron de Malouet. *Paris, E. Plon*, 1874, 2 vol. in-8, br.

384. Mémoires et correspondance politique et militaire du roi Joseph, publiés, annotés et mis en ordre par A. Ducasse.

Paris, Perrotin, 1853-54, 10 vol. in-8, demi-rel. chagr. gris, tr. jasp.

385. Recueil de 130 planches, représentant les plus belles vues des palais, châteaux, maisons de plaisance, etc., de Paris et des environs, dessinées et gravées par Jean Rigaud. *A Paris, chez le sieur Duchange, et chez l'auteur, s. d.*, gr. in-fol. demi-rel.

Bel exemplaire en très-bonnes épreuves.

386. Le Havre et son arrondissement (2e édition). *Havre, J. Morlent*, 1844, planches et cartes, demi-rel. dos et coins de mar. r. fil. tête dor. n. rog.

387. Histoire du diocèse de Bayeux, par Hermant. *Caen*, 1705, in-4, v.

388. Touchard-Lafosse. La Loire historique. *Paris, Delahays*, 1856, 5 vol. gr. in-8, demi-rel. mar. tr. sup. dor.

Bel exemplaire.

389. Glossaire des documents de l'histoire de la communauté des marchands fréquentant la rivière de Loire et fleuves descendant en icelle, par M. Mantellier. *Paris, A. Durand et Pedone*, 1869, gr. in-8, cart.

390. Annales de la ville de Toulouse, dédiées à Mgr le Dauphin (par de Rozoi). *A Paris, chez la veuve Duchesne*, 1771-76, 4 vol. in-4, v. ant. marbr.

391. Mémoires pour servir à l'histoire du Dauphiné sous les Dauphins de la maison de la Tour Du Pin, où l'on trouve tous les actes du transport de cette province à la couronne de France. *Paris, chez Imbert de Bat*, 1711, in-fol. v. ant. carte et figure.

392. Notice sur Philippe le Bon, duc de Bourgogne et comte de Flandre, par M. Pilate Prévost, suivie de strophes, de notes sur le programme de la fête historique, et ornée de lithographies représentant tous les personnages du cortége, rangés suivant l'ordre de la marche, par Félix Robaux. *Douai, s. d.*, in-8, obl. br.

600 personnages, les chars et tous les accessoires représentés dans le plus grand détail sur une bande de 8 mètres de longueur.

393. Histoire de la Franche-Comté, anciennne et moderne, précédée d'une description de cette province par Eugène Rougebif. *Paris, Ch. Stevenard*, 1851, fort in-8, br. portraits et blasons coloriés.

394. Vues pittoresques de l'Alsace, dessinées, gravées et terminées en bistre par M. Waller, citoyen de Strasbourg,

accompagnées d'un texte historique par M. l'abbé Grandidier. *Strasbourg*, 1785, in-fol. bas. (*Figures en couleurs.*)

---

395. Histoire d'Angleterre, par Hume, trad. en français. *Amst.*, 1765, 5 vol. in-4, v. f.

396. Histoire du duc de Wellington, par A. Brialmont. *Paris, Tanéra*, 1856, 2 vol. in-8, br. Fig. et portraits.

397. Barddas; or, a collection of original documents, illustrative of the theology, wisdom, and usages of the bardo-druidic system of the isle of Britain; with translations and notes, by the Rev. J. Williams ab Ithel, published for the Welsh mss. society. *Llandovery and London*, 1852, 2 vol. in-8, cart. en perc. n. rog.

398. Hanes problogaid am Ddarganfyddiadau yn Ninefeh, prif ddinas hen Ymerodraeth Assyria, gan Austen, Henry Layard. *Slanymddyfri*, 1852, pet. in-8, avec figures dans le texte, br.

399. The History of the Mohammedan dynasties in Spain.... by Ahmed Ibn Mohammed Al-Makari, translated from the copies and illustrated with critical notes.... by Pasenal de Gayancos *London, printed for the Oriental Translation*..... 1840-43, 2 vol. in-4, cart.

400. Chronica del famoso cavallero Cid Ruy Diaz Campeador. Nueva edicion con una introduccion historico-literaria por D. V. A. Huber. *Stuttgard, en la casa de C. P. Scheitlin*, 1853, gr. in-8, br.

401. Études historiques, politiques et littéraires sur les Juifs d'Espagne, par don José Amadoz de los Rios, traduites pour la première fois en français par J.-G. Magnabal. *Paris, Durand*, 1861, in-8, br. non coupé.

402. Vita del Padre Paolo. *A Leida*, 1646, in-12, mar. r. fil. tr. dor. (*Anc. rel.*)

403. Conjuration des Espagnols contre la république de Venise, en l'année 1618 (par Saint-Réal). *Paris, Claude Barbin*, 1674, in-12, v. br.

Édition originale.

404. Histoire de la république de Venise, par M. Léon Galibert. *Paris, Furne*, 1855, gr. in-8, br. figures sur acier.

405. Coup d'œil sur l'état actuel de l'Europe, et moyen de contenir la Russie, par le comte Henri Krasinski. *Londres, W. Jeffs*, 1854, in-8, mar. vert, fil. tr. dor. (*Rel. anglaise.*)

406. Deploratio pacis Germanicæ, sive dissertatio de pace Pragensi, tam infauste quam injuste inita Pragæ Bohemorum..... 1635..... authore Justo Asterio Icto. *Lutetiæ Parisiorum, Séb. Cramoisy,* 1636, in-fol. v. f. fil. dos orné.

Aux secondes armes de Aug. de Thou.

---

407. Moïse de Khorène, auteur du ve siècle. Histoire d'Arménie, texte arménien, et traduction française par P.-E. le Vaillant de Florival. *Venise, typographie arménienne de Saint-Lazare,* 1841, 2 vol. in-8, demi-rel. bas.

A la fin du tome I se trouvent les deux brochures suivantes de M. de Florival : Exposé rapide des persécutions exercées contre les catholiques arméniens en Orient, pendant les années 1827 et 1828 (*Paris, de l'imprimerie de J. Gratiot,* 1830), 21 pages ; et Histoire des Mékitaristes, brochure de 46 pages sans titre ; à la fin du tome II : Notice géographique sur l'Arménie, brochure de 80 pages sans titre.

408. Soulèvement national de l'Arménie chrétienne, au ve siècle, contre la loi de Zoroastre, sous le commandement du prince Vartan le Mamigonien ; ouvrage écrit par Élisée Vartabed, contemporain, sur la demande de David le Mamigonien, son collègue, traduit en français par M. l'abbé Grégoire Kabaragy Garabed. *Paris, au Comptoir des Imprimeurs unis,* 1844, in-8, demi-rel. bas. verte, carte.

Exemplaire interfolié.

409. Historia universale dell' origine et imperio de' Turchi, raccolta da M. Francesco Sansovino. *In Venetia, appresso Michel Bonelli,* 1573, in-4, v. ant. br. r.

410. Trois volumes in-8, en anglais, relatifs à la géographie, à l'art militaire et à la guerre en Orient. 1830, 1843, 1857, cartonnés.

411. Description de l'Égypte, contenant plusieurs remarques curieuses sur la géographie ancienne et moderne de ce païs..... composée sur les Mémoires de M. de Maillet, par M. l'abbé Le Mascrier. *Paris, Louis Genneau,* 1735, in-4, portr. et planches, v. gran.

412. Histoire des sultans mamlouks de l'Égypte, écrite en arabe par Taki-Eddin-Ahmed-Makrizi, traduite en français et accompagnée de notes philologiques, historiques, géographiques, par M. Quatremère. *Paris, Benj. Duprat,* 1845, 2 vol. in-4, cart. non rog.

413. The Chronicles of Rabbi Joseph ben Joshua ben Meir the Sphardi, translated from the hebrew by Ch. Bialloblotsky. *London,* 1836, 2 vol. in-8, cart.

414. L'Ancien Orient, Égypte, Chine, Inde, Perse, Chaldée, par Léon Carre. *Paris, Michel Lévy, frères*, 1875, 2 vol. in-8, br.

415. Histoire universelle des Indes orientales, diuisée en deux liures, faicte en latin par Antoine Magin, nouuellement traduite, contenant la descouuerte, nauigation, situation et conqueste, faicte tant par les Portugais que par les Castillans. *A Douay, chez François Fabry, l'an* 1607. (A la suite :) Histoire universelle des Indes occidentales, diuisée en deux liures, faicte en latin par M. Wytfliet, nouuellement traduicte. *A Douay, chez François Fabri, l'an* 1607, 2 parties en un vol. petit in-fol. cart. front. gravé, nombreuses cartes.

Piqué des vers.

416. Thezkereh al vakiāt, or private memoirs of the Moghul emperor Humāyūn, written in the Persian language by Jouher... translated by major Charles Stewart. *London, printed for the Oriental Translation*... 1832, in-4, portr. tiré en bistre, br.

417. The History of the reign of Tipu Sultan, translated from a ms. persian, by Miles. *London*, 1864, gr. in-8, cart.

418. Les Anglais et l'Inde, par E. de Valbezen. *Paris, E. Plon*, 1875, 2 vol. in-8, br. cartes.

419. Essays relative to the habits, character, and moral improvement of the Hindoos. *London*, 1823, in-8, v. f. fil. — A Tour through the upper provinces of Hindostan... 1804-1814... by A. D. *London*, 1823, in-8, v. f. fil. — Letters on the climate, inhabitants, productions, etc..., of the Neilgherries... by James Hough. *London*, 1829, in-8, v. ant. fil.

420. Recherches asiatiques, ou Mémoires de la Société établie au Bengale pour faire des recherches sur l'histoire et les antiquités, les arts, les sciences et la littérature de l'Asie, traduits de l'anglois par A. Labaume, revus et augmentés de notes par MM. Langlès, Cuvier, Delambre, Lamarck et Olivier. *A Paris, de l'Imprimerie impériale, an XIV*, 1805, 2 vol. in-4, demi-rel. chagr. vert.

Mouillure au tome II, qui est sans titre.

421. Histoire civile et naturelle du royaume de Siam, et des révolutions qui ont bouleversé cet empire jusqu'en 1770, publiée par M. Turpin. *A Paris, chez Costard*, 1771, 2 vol. in-12, mar. r. fil. tr. dor. (*Rel. anc.*)

Bel exemplaire. Armes de Monteynard, ministre de la guerre.

422. Tohfut ul Mujahideen, an historical work in the arabic language translated into English by Rowlandson. *London,* 1833, in-8, cart.

423. La Perse, ou histoire, mœurs et coutumes des habitants de ce royaume, ouvrage traduit ou extrait des relations les plus récentes, par M. René Perrin, avec une Notice géographique, historique et des notes, par M. Edouard Gautier. *Paris, Nepveu,* 1823, 7 vol. pet. in-12, demi-rel. v. bleu, tr. marbr.

Ouvrage orné de 54 gravures noires et en couleurs, d'après des peintures persanes ou des dessins authentiques.

424. The Kitab-i-Yamini, historical memoirs of the Amir Sabaktagin, and the sultan Mahmoud of Ghazna; translated from the Persan version of the contemporary arabic chronicle of al Utbi; by the rev. James Reynolds. *London,* 1858, in-8, cart. en percal. non rog.

425. Annales des empereurs du Japon, traduites par Isaac Titsingh, avec notes, par Klaproth. *Paris,* 1834, in-4, cart.

426. Tocqueville. De la Démocratie en Amérique. *Paris, Ch. Gosselin,* 1839-1840, 4 vol. in-8, demi-rel. v. br.

427. KINGSBOROUGH. Antiquities of Mexico. *London,* 1841-48, 9 vol. in-fol. demi-rel mar. n. rogn.

Figures noires.

NUMISMATIQUE. — NOBLESSE. — BIOGRAPHIE. BIBLIOGRAPHIE. — JOURNAUX.

428. Coins of ancient Lycia before the reign of Alexander; with an essay on the relative date of the Lycian monuments in the British Museum; by sir Charles Fellows. *London, John Murray,* 1855, in-4, carte color. et 19 pl. grav. cart. en percal. non rog.

429. Traité des monnaies des barons, ou Représentation et Explication de toutes les monnaies d'or, d'argent, de billon et de cuivre qu'ont fait frapper les possesseurs de grands fiefs, pairs, évêques, abbés, chapitres, villes et autres seigneurs de France, par Tobiésen Duby. *A Paris, de l'Imprimerie royale,* 1790, 2 vol. in-fol. (médailles) v. marbré, tr. marbr.

Exemplaire en grand papier.

430. Monnoyes des rois de France, des barons, monnoyes des pays étrangers, médailles de l'Empire romain. 7 vol. in-fol. demi-rel.

Manuscrit du dix-septième siècle.

431. Description du musée lapidaire de la ville de Lyon, par le docteur A. Comarmond. *Lyon*, 1846-1854, gr. in-4, br. portrait et 19 planches.

---

432. Traité des seigneuries, par Charles Loyseau, Parisien. *Paris, Abel l'Angelier*, 1608, in-4, v. m. (*Le bas du titre est déchiré.*)

433. Dissertations historiques et critiques sur la chevalerie ancienne et moderne, séculière et régulière, avec des notes, par le R. P. Honoré de Sainte-Marie. *Paris, Pierre-Fr. Giffart*, 1729, in-4, figures, v. m.

434. Les Nobles et les Vilains du temps passé, ou Recherches critiques sur la noblesse et les usurpations nobiliaires, par Alph. Chassant. *Paris, Aug. Aubry*, 1857, in-12, br. n. c.

435. Histoire généalogique de la maison de Vergy, divisée en dix livres, par André dv Chesne, Tourangeav. *A Paris, chez Sébastien Cramoisy*, 1625, in-fol. v. ant.

Titre raccommodé.

436. Histoire généalogiqve des maisons de Gvines, d'Ardres, de Gand et de Coucy, et de qvelques avtres familles illustres qui y ont esté alliées, par André dv Chesne, Tovrangeav. *A Paris, chez Sébastien Cramoisy*, 1631, in-fol. v. ant. (*Titre gravé.*)

437. Histoire généalogique des maisons de Dreux, de Bar-le-Duc, de Luxembourg et de Limbourg, du Plessis, de Richelieu, de Broyes et de Châteauvillain, par André du Chesne, Tovrangeav. *A Paris, chez Sébastien Cramoisy*, 1631, in-fol. vél. (*Titre gravé.*)

438. Recueil d'armoiries de tous les chevaliers de l'ordre du Saint-Esprit sous le règne de Louis XIV, roi de France. 1654-1711, en un vol. grand in-4, v. m.

Tous ces blasons, au nombre de 211, sont tirés, un par feuillet, sur papier fort de Hollande.

439. Catalogue des chevaliers, commandeurs et officiers de l'ordre du Saint-Esprit, avec leurs noms et qualités, depuis l'institution jusqu'à présent (par Poullain de Saint-Foix). (*Paris*), *de l'impr. de Christophe, J.-Fr. Ballard*, 1760, in-4 tiré in-fol. beau frontispice gravé par Laurent Cars, d'après Boucher, v. m. fil. dos et coins ornés, tr. dor.

Exemplaire en grand papier de Hollande.

440. Précis historique des ordres de chevalerie, par J. Bresson. *Paris, Aubert,* 1844, gr. in-8, demi-rel. chagr. fig. en couleurs.

441. Armorial général de la Chambre des pairs de France, par le chevalier de Courcelles. *Paris,* 1822, in-4, mar. fleurs de lis, tr. dor.

---

442. Biographie universelle, ou Dictionnaire historique, par une société de gens de lettres, sous la direction de M. Weiss. *Paris, Furne,* 1841, 6 vol. gr. in-8, demi-rel. portraits.

443. Nouvelle Biographie générale depuis les temps les plus reculés jusqu'à nos jours, publiée par MM. Firmin-Didot frères, sous la direction de M. le docteur Hoefer. *Paris, Firmin-Didot, fr.,* 1855, 46 vol. in-8, br. texte à deux col.

444. The life Times and scientific labours of the second marquis of Worcester, by Henry Dirchs. *London, B. Quaritch,* 1865, gr. in-8, cart. figures.

445. A biographical Dictionary of eminent Welshmen, by the Rev. R. Williams. *Llandovery,* 1852, in-8, cart. anglais.

446. Ibn Khallikan's biographical Dictionary translated from the arabic by Mac Guckin de Slane. *Paris, printed for the Oriental Translation.....* 1843-1871, 4 vol. in-4, demi-rel. dos et coins de mar. r. tr. supér. dor. non rogné.

---

447. A General Catalogue of Books offered to the public, at the affixed prices, by Bernard Quaritch. *London,* 1874, fort in-8 de 1890 pages, demi-rel. dos et coins de maroq. rouge, tr. marbr.

448. Essai statistique sur les bibliothèques de Vienne, précédé de la statistique de la Bibliothèque impériale... par Adrien Balbi. *Vienne, Fréd. Vloke,* 1835, in-8, br.

449. Catalogue de la bibliothèque de son Exc. M. le comte Boutourlin. *Florence,* 1831, gr. in-8, cart. non rogn. (*Exempl. en gr. pap. vélin.*) — Catalogue des livres... de M. le prince Sigism. Radziwill. *Paris, Potier,* 1865, gr. in-8, br. (*Avec prix manuscrits.*)

450. Catalogue des livres composant la bibliothèque poétique de M. Viollet-le-Duc, avec des notes bibliographiques, biographiques et littéraires..... pour servir à l'histoire de la poésie en France. *Paris,* 1843-1847, 2 vol. in-8, br.

451. Bibliotheca Americana. Catalogue raisonné d'une très-précieuse collection de livres anciens et modernes sur l'A-

mérique et les Philippines. *Paris*, *Maisonneuve*, 1868, in-8, br.

452. Lexicon bibliographicum et encyclopædicum a Mustafa ben Abdallah Katib Jelebi dicto et nomine Haji Khalfa celebrato compositum comment... Gustav. Fluegel. *Leipzig et London*, 1835-1858, 7 vol. in-4, cart. non rogn.

---

453. Revue de Paris. *Paris*, 1833, 11 volumes in-8, formant les tomes XLVI à LVI, demi-rel. v. bleu, n. rog.

Différents articles publiés par Balzac, Castil-Blaze, Ph. Chasles, Ch. Nodier, V. Jacquemont, J. Taschereau, Alex. Dumas, Eug. Sue, J. Janin, etc.

454. JOURNAL ASIATIQUE. Années diverses et numéros séparés, 3 paquets.

455. Encyclopédie moderne, dictionnaire abrégé des sciences, des lettres, des arts, etc., sous la direction de M. Léon Renier. *Paris, Firmin-Didot*, 1846-1856, 22 vol. in-8, br. (*Les deux premiers en demi-rel.*)

Tomes I à IX. — Tomes XIII, XV à XVII, XIX, XXI, XXII, XXIV, XXVI, XXVII, et tomes I, II et III du Complément.

---

456. **A la fin de la dernière vacation, on vendra quelques lots de bons livres sous ce numéro.**

FIN

RED. : 19

MIRE ISO N° 1
NF Z 43-007
AFNOR
Cedex 7 - 92080 PARIS-LA-DÉFENSE

graphicom

0 1 2 3 4 5 6 7 8 9 10

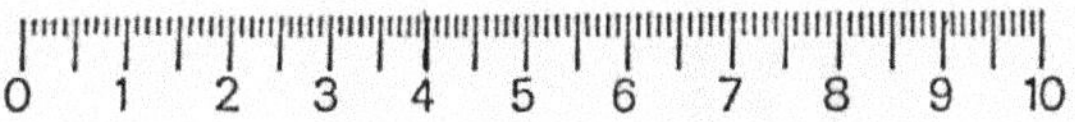

www.ingramcontent.com/pod-product-compliance
Ingram Content Group UK Ltd.
Pitfield, Milton Keynes, MK11 3LW, UK
UKHW021516260726
13993UKWH00004B/1713

9 782329 225906